KB078163

말년 병장, 이등병되다!

에바티리체 장편 소설

FUSION FANTASTIC STORY

말년병장, 이등병 되다! 5

에바트리체 장편 소설

초판 1쇄 찍은 날 § 2014년 8월 21일
초판 1쇄 펴낸 날 § 2014년 8월 28일

지은이 § 에바트리체
펴낸이 § 서경석

편집부장 § 권태완
편집책임 § 박은정

펴낸곳 § 도서출판 청어람
등록번호 § 제387-1999-000006호
등록일자 § 1999. 5. 31
어람번호 § 제1-1920호

주소 § 경기도 부천시 원미구 부일로 483번길 40 서경B/D 3F (우) 420-822
전화 § 032-656-4452 팩스 § 032-656-4453
http://www.chungeoram.com
E-mail § chungeorambook@daum.net

ISBN 979-11-316-9168-7 04810
ISBN 979-11-316-9020-8 (세트)

말년병장, 이등병되다!

5

엄티끄저 장편 소설

FUSION FANTASTIC STORY

THE SERGEANT

ROKA 8rd ARTILLERY BRIGADE

청람
도서출판

CONTENTS

1장
전역이란 이름의 이별

　호텔 예약을 취소하고 택시에 몸을 실은 이들. 앞자리에 탄
대한이 택시기사에게 말한다.

　"아저씨, 123대대로 최대한 빠르게 가주세요!"

　"휴가 복귀가 늦기라도 했냐?"

　"그건 아니고요! 여하튼 빨리 가주세요!"

　"어, 알았다."

　택시기사는 대한의 기세에 자못 놀랐지만 엑셀을 밟기 시
작한다.

　택시가 시내를 빠져나갈 무렵, 철수가 긴장한 표정으로 도
훈에게 묻는다.

"이, 이러다 전쟁 일어나는 거 아니야?"

"…시끄럽다. 괜히 재수없는 소리 하지 마."

말은 그렇게 하지만 도훈도 긴장할 수밖에 없었다. 아무리 자신이 미래의 기억을 간직하고 있다 해도 북한의 도발은 본래 예정대로라면 없는 일이다.

그렇다고 이 비상사태가 자신의 행동에 의한 피드백의 결과라고 보기는 힘들었다. 체셔라면 이 도발이 진짜로 화근이 되어 전쟁으로 이어질 수 있을지에 대한 확신 여부를 알고 있겠지만, 그건 필히 도훈에게 말해주지 않을 것이다.

미래를 알려준다는 것 자체가 차원관리국으로서는 금기시되는 일이기도 하다. 하지만 도훈의 '미래 예측'은 체셔에게 직접적으로 미래를 듣는다기보다는 자신이 알고 있는 미래를 확인받는 차원이라는 애매모호한 기준 탓에 차원관리국의 금기에 걸리지 않았을 뿐이다.

도발에 관해서는 도훈이 알고 있는 기억이 없다. 그렇기에 함부로 물어볼 수도 없을뿐더러 묻는다 하더라도 체셔에게 올바른 답변을 기대하기 힘들다.

그만큼 미래란 존재는 한 치 앞도 예상하기 힘든 요소이다.

반면, 도훈과는 다르게 대한은 다른 생각을 품고 있었다.

"내가 이등병 때 말이야, 이런 실제 상황이 걸린 적이 있거든."

"그렇습니까?"

"뉴스에는 나오지 않았어. 하지만 나도 그때 철수 너처럼 전쟁 일어나는 거 아니냐며 엄청 무서워했지. 군대 내에서는 언제나 전쟁이라는 불안 요소가 존재하니까 말이야."

"······."

"이럴수록 중요한 건 바로 선임의 역할이야. 불안해하는 후임을 다독여 주고 얼마나 자신들의 역할을 수행하게끔 만드느냐가 중요하지. 그 점에 대해서는 아직 재수는 초보에 불과해."

그렇기에 행보관이 대한을 부른 것이다.

행보관 역시도 대한에게 몹쓸 짓이라는 것을 잘 알고 있을 것이다. 그럼에도 불구하고 대한을 호출했다는 것은 상황이 꽤나 심각함을 뜻하는 것일지도 모른다.

부대 앞에 도착한 택시에서 황급히 내린 이들이 위병소를 통과한 뒤 부대로 뛰어올라가기 시작한다.

대대 분위기는 장난이 아니었다. 이미 대대 상황실에는 오늘 점심을 같이 먹은 사단장도 와 있고, 제1포대 내에서는 이미 병사들이 각자의 포상으로 내려간 지 오래였다.

"늦었습니다, 김대한 병장님! 빨리 내려가셔야 합니다! 하나포가 지금 사격 준비가 가장 늦습니다!"

최수민이 멀리서 뛰어올라오는 대한을 발견하고 황급히 소리친다. 그러자 대한이 노골적으로 짜증을 내며 마주 소리친다.

"나도 알고 있어, 씨발 새끼야! 포대장님하고 행보관님은 어디 계시냐?"

"행정반에 계십니다!"

"알았어. 난 바로 애들 데리고 포상으로 내려간다. 행보관님한테 그렇게 전해줘."

"예, 알겠습니다!"

포대장에게 복귀 신고를 할 여유가 없다는 사실을 잘 알고 있는지 대한이 철수와 도훈에게 빠르게 환복 지시와 더불어 단독군장을 착용하라 말하고 자신은 행정반에 가서 총기를 꺼내 온다.

대한을 발견한 행보관이 심각한 표정으로 말한다.

"얼마 뒤면 전역인데 미안하다."

"아닙니다, 행보관님. 이럴 때야말로 제가 있어야 하지 않겠습니까."

"다른 건 몰라도 재수가 분대장을 단 지 얼마 안 됐다. 네가 좀 더 수고해 줘야겠다."

"걱정 안 하셔도 됩니다. 2년 동안 행보관님 밑에 있으면서 한 번도 실망시켜 드린 적 없지 않습니까."

"…그래, 나도 잘 알고 있다."

대한은 특출 난 병사가 아니다.

하지만 단 한 번도 이들에게 큰 실망감을 안겨준 적이 없다. 남들에게 부각되지 않는 인물이지만, 묵묵히 자신의 위치에서 최선을 다하며 2년을 보냈다.

그게 바로 김대한이라는 인물이다. 그렇기에 행보관도 비상시인만큼 대한에게 의지할 수밖에 없는 것이다.

재수를 믿지 못하는 게 아니다. 안재수 역시도 차기 분대장으로서 오히려 대한보다도 훨씬 뛰어난 성과가 기대되는 인재다. 하지만 지금 당장은 경험이라는 측면에서 보자면 간부들의 만족도를 충족시켜 주지 못한다.

위에서 명령을 내리는 자에게 있어서 가장 필요한 것은 다름 아닌 경험과 통찰력이다.

지난 2년간의 군 생활을 바탕으로 분대장이라는 역할을 무난하게 잘 소화해 낸 대한이기에 재수보다도 더 의지가 되는 것이다.

"바로 뛰어나간다! 알겠나?"

"예, 알겠습니다!"

대한의 말에 따라 철수와 도훈도 뒤를 따른다.

K-2를 들고 하나포 포상으로 뛰어간 이들의 시야에 사주경계를 하고 있는 한수와 범진이 보이기 시작한다.

"김대한 병장님, 어째서 다시 복귀하신 겁니까?"

"씨발, 지금 이 상황에 외박이 문제냐? 그것보다 안재수 어디 있어?"

"안쪽에서 측각수하고 편각 맞추는 중입니다만……."

씩씩거리며 포상 안으로 뛰어들어간 대한을 보며 범진이

작게 한숨을 내쉰다.

"피바람이 불겠구만."

"안재수, 이 씨발 놈아!"

대한이 목소리를 높여 소리친다. 이제야 막 방열 준비가 끝났는지 155㎜ 견인곡사포 가신 위에서 내려온 재수가 대한이 화를 내는 이유를 잘 알고 있는지 고개를 숙이고 말한다.

"…죄송합니다, 김 병장님."

"아무리 인원수가 부족해도 그렇지, 즉각 사격 준비 태세조차 못하냐! 너 이 새끼야, 분대장이잖아! 그런데 실제 상황 걸린 지 20분이 되고 나서야 사격 준비가 끝난 거냐!"

"할 말이 없습니다. 죄송합니다."

"…씨발, 진짜."

대한이 거칠게 머리를 긁적인다. 뒤이어 발걸음 소리를 죽이며 따라 들어온 철수와 도훈도 분위기가 안 좋음을 느끼고 말을 아낀다.

대한과 가장 오랫동안 군 생활을 해온 범진과 재수이기에 대한이 지금 이 순간 화가 정말 많이 났다는 사실을 눈치챌 수 있었다. 본래 대한은 화를 잘 안 낸다. 웬만해서는 웃음으로 넘기는 마이페이스 성향이 짙은 인물이지만, 그런 사람이 이처럼 화를 낸다는 것은 재수가 그만큼 큰 실수를 했다는 것을 의미한다.

침묵으로 일관하는 재수를 대신해 범진이 수신기를 들고 사격지휘소에 보고한다.

　"하나포 사격 준비 완료. 사격 준비 완료. 수신 양호한지."

　─상황실, 상황실, 수신 양호.

　"양호."

　겨우 전포대 사격 준비가 완료되었다. 하나포가 가장 늦었기에 이제야 사격 준비 완료 보고를 올리는 제1포대 포대장의 보고 소리가 통신기를 통해 어렴풋이 들려온다.

　"…안재수."

　"상병 안재수."

　"인마, 나도 너처럼 어벙한 때가 있었어. 실제 상황은 아니었지만 막 분대장을 달고 나서 한참 어떻게 분대를 통제해야 좋을지 모르던 때가 있었으니까."

　"……."

　"물론 너를 심하게 탓할 생각은 없어. 사람이잖아? 실수조차 안 하는 사람이 존재한다면 그건 사람이 아니라 인조인간 이겠지."

　"…죄송합니다."

　"됐다. 이미 너도 충분히 반성했을 테고, 무엇보다도 나보다 너 자신이 더 너한테 화가 났을 터인데 내가 이래저래 말을 해봤자 무슨 소용이냐. 앞으로 잘하면 돼. 실수는 누구나 하는 법이야. 하지만 자신이 저지른 실수를 까맣게 잊어버리는 행위는 용서 못한다. 저지른 실수를 계속 기억 속에 품고 살아가야 다시 같은 실수를 반복하지 않는 법이야."

"예, 알겠습니다."

"자, 분대장은 너다. 이제 애들한테 지시 내리고 상황을 좀 더 지켜보자."

"예!"

드디어 하나포 전부가 모이게 된 상황이지만 아직 비상사태는 풀리지 않는다.

저녁 9시가 다 되어가는 와중에 포상에도 어둠이 서서히 드리우고 있는 상황.

"여기는 하나포, 하나포라 알리고 현 상황, 언제 해제되는지."

답답함을 느꼈는지 대한이 직접 수신기로 상황실에 무전을 보낸다.

그러나 들려오는 대답은 다음과 같다.

—아직 알 수 없다는 통보.

"…수신 양호."

방탄모를 벗고 근처 사격 기재에 엉덩이를 걸치고서 앉은 대한이 불만을 토로한다.

"더럽게 상황 해제 안 되네. 진짜 이러다가 전쟁이라도 나는 거 아니야?"

"총소리가 들렸다는 것으로 보아서는… GP에서 잘못 들은 것일 수도 있지 않습니까?"

재수가 다시 한 번 편각을 확인하며 말해보지만, 그것만으로 전쟁이라는 미묘한 불안감의 씨앗을 해결할 수는 없었다.

"얌마, 사람 일이라는 거, 모르는 거다. 이런 사소한 일이 진짜 전쟁으로 번질지 누가 알겠냐?"

"아~ 김 병장님, 괜히 재수없는 소리 하지 마쇼. 그러다 진짜로 말이 씨가 되면 어쩌려는 겁니까?"

범진이 살짝 짜증을 내면서 말한다. 정확한 상황을 알 수 없기에 답답한 건 다른 이들도 마찬가지다.

후임급들은 처음 겪어보는 상황에 당황할 수밖에 없고, 선임급들은 어떻게 해서든지 현재 돌아가는 상황을 파악하려고 노력한다.

하지만 들려오는 답변은 무한 대기.

"행정반에서도 아마 난리가 났겠지?"

대한이 멀찌감치 보이는 행정반의 불빛을 바라보며 나지막이 말한다.

대대 상황실에는 사단장님께서 직접 모습을 드러냈다. 여기서 괜히 잘못된 상황 대처를 선보인다면 123대대는 그날 바로 사단장에게 직접적으로 털리는 날이 되는 것이다.

한참을 그렇게 있던 와중에 도훈의 귓가에 무언가가 이질적인 소리가 들려온다.

푸석!

"…정지."

반사적으로 힘 있게 말을 내뱉은 도훈의 반응에 놀랐는지 다시 한 번 명확한 효과음이 들려온다.

푸스슥! 퍼석!

"정지, 정지, 정지! 손 들어! 움직이면 쏜다!!"

K—2의 총구를 소리가 들려온 방향으로 겨누며 외친다. 도훈의 이런 반응이 다른 사람들이 놀라며 차례로 묻는다.

"뭐, 뭐냐? 무슨 일이야, 이도훈?"

"저기에 누군가 있습니다."

"보이지도 않는데?"

"소리가 들렸습니다. 마치… 누군가가 풀잎을 밟고 지나가는 그런 소리 말입니다."

도훈의 귓가에는 명확히 들렸다. 물론 그 형체조차 알아볼 수 없을 정도로 칠흑 같은 어둠 속이었지만 인기척이라는 것은 완벽하게 지우기 힘들다. 웬만큼 훈련된 병사 아니면 그런 일은 불가능하다고 볼 수 있다.

게다가 일반 병사도 아닌 이도훈이다. 본능과 감이 매우 좋은 도훈으로서는 필히 덩치 큰 동물이 아닌 사람이 있다는 사실을 직감할 수 있었다.

"우물!"

상대방의 정체를 파악하기 위해 오늘의 암구호 중 문어를 외친다. 혹시 또 모른다. 비상사태인만큼 병사들이 제대로 된 일 처리를 하고 있나 알아보기 위해 사단장이 순찰을 돌고 있을 수도 있다.

아니, 이 비상사태 자체가 123대대를 시험하기 위해 일부러 인위적으로 조작된 상황일지도 모른다. 본래 검열이라는 것은 언제나 갑작스럽게 발생하기 때문이다.

하지만 반대로 생각할 수도 있다.

'혹시… 북한군인가?'

도훈이 침을 꿀꺽 삼키며 최악의 수를 염두에 둔다.

지금 이 순간부터 도훈이 지니고 있는 과거의 기억은 아무런 도움이 되질 않는다. 이 비상사태 상황 자체가 없었으니까 말이다.

본능으로, 그리고 자신의 감을 믿고 따라야 한다.

만약 정말로 북한군이 자신들의 포상 근처까지 내려왔다면 이건 필히 위험한 상황이다.

그걸 눈치챈 대한이 철수에게 슬쩍 눈짓을 하며 자신도 K─2 총구를 세운다. 범진과 한수, 그리고 재수 역시 마찬가지.

실탄은 받지 못했지만 공포탄은 받았다. 만약 진짜로 북한군과 교전을 하게 된다면 이들은 5분도 채 되지 않아 전멸이다.

하지만 도훈의 경고를 받은 인물은 싸운다는 선택지보다

도망을 선택한다.

"……!"

빠르게 이동하는 발자국 소리를 들은 도훈이 반사적으로 자리에서 일어서며 뒤를 따른다.

"이런 빌어먹을!!"

도훈의 뒤를 따르기 시작한 것은 다름이 아닌 대한이다.

"안재수, 너는 나머지 녀석들 데리고 포상에 있어라. 사주 경계에 최대한 신경 쓰고, 철수 너는 지금 이 상황을 빨리 행정반에 알려."

"김 병장님은 어쩌시려는 겁니까?!"

"난 이도훈을 쫓겠다."

대한이 작게 침음성을 내뱉는다.

아무리 군대 마스터라 해도 그렇지, 공포탄만을 들고 북한군으로 의심되는 자를 뒤쫓을 생각을 하다니 이도훈이라 해도 이건 너무나 막무가내다.

한편, 실탄조차 없이 도훈이 빠르게 거수자를 쫓을 수 있었던 것은 다름 아닌 그만의 자신감이 있었기 때문이다.

"앨리스, 그 말이 사실이지?"

거수자의 뒤를 쫓으며 다시금 확인 차 묻는 도훈의 말에 앨리스의 전음이 들려온다.

―틀림없다니까 그러네. 우리는 인간처럼 딱히 시간에 의

한 시야 제약을 받지 않으니까.

앨리스가 어렵게 말해서 그렇지 쉽게 풀어서 설명하자면 밤에 의한 어둠은 앨리스와 같은 차원관리자에게 커다란 제약이 되지 않는다는 의미다.

천리안을 동원해 거수자의 정체를 확인한 도훈에게 들려온 정보는 예상치 못한 것이었다.

순찰자, 혹은 진짜 북한군이라 생각한 도훈이었지만, 거수자의 정체는 다름 아닌 평범한 사람이라는 키워드였다.

평범한 사람.

아무런 무장도 없고 산속을 헤맨 듯 보이는 많은 흙먼지가 남자의 옷에 묻어 있다는 게 앨리스의 보고였다.

거기에서부터 추론에 들어간 도훈의 뇌세포가 빠르게 회전한다.

그렇다면 크게 두 가지 경우의 수로 나뉜다.

탈북자, 혹은 월북자.

하지만 체격이라든지 생김새로 보아서는 탈북자로 보이지 않는다. 한국에서 자주 보이는 메이커 옷을 입고 있는 것으로 보아서는 필히 월북자가 틀림없으리라.

분명히 GP 지역에 몰래 숨어들어 가서 월북하려다 도리어 북한군의 총소리를 듣고 놀라서 다시 여기까지 돌아온 도중에 도훈의 부대 지역에 침범했으리라 생각한다.

반면, 이런 정보를 얻지 못한 대한은 뒤에서 도훈에게 온갖 욕지거리를 내뱉으며 뒤따라온다.

"이런 병신아, 위험하게 혼자서 따라가냐?"

"이대로 가면 놓칩니다."

"북한군일지도 모르잖아."

"아닙니다. 저 녀석은 월북자입니다."

"월북자?!"

대한의 외마디 외침과 더불어 대대 전역에 사이렌이 울리기 시작한다. 거수자가 출현을 알리는 경고음이 대대 전역에 퍼지면서 병사들이 하나둘씩 무장을 하고 뛰쳐나온다.

"씨발!"

월북자 남성이 거칠게 욕을 내뱉으며 산을 타기 위해 뛰어간다. 여기서 남자를 놓치게 되면 쫓기 매우 힘들어진다. 물론 도훈에게는 천리안이 있긴 하지만, 어둠의 방해를 받지 않는 건 앨리스에게만 통용되는 이야기다. 평범한 인간인 도훈에게는 어둠 속에서 월북자의 뒤를 쫓는 일이란 여간 어려운 일이 아니다.

가장 확실한 것은 산으로 도망치기 전에 월북자를 잡는 것.

"얌전히 잡혀, 씨발 놈아!"

바닥에 놓여 있는 제법 큰 돌멩이를 집어 든 도훈이 빠르게 투척한다.

후우웅!

무거운 바람 소리를 내며 정확히 남자의 왼쪽 어깨에 명중

한다.

"컥!!"

단발적인 비명을 내지르며 순간 남자의 무게중심이 무너진다. 어두운 상황에서도 돌팔매질을 성공시킨 도훈은 스스로 대견스러운 마음이 들었지만 지금은 그런 여유를 부릴 때가 아니다.

―지금이야!

앨리스가 타이밍을 보고 소리치자 도훈이 지면을 박차며 득달같이 달려든다.

상대가 월북자라 해도 함부로 공포탄을 남발할 수는 없다. 어차피 상대도 비무장이기에 도훈은 별다른 의심을 품지 않고 K―2의 개머리판을 이용해 남자의 머리를 찍어 기절시킬 생각을 하게 된다.

하지만 그게 도훈의 가장 큰 방심이었다.

"……!"

휘웅!

남자가 품속에서 무언가를 꺼내 수평으로 긋는다.

반사적으로 섬뜩함을 느낀 도훈이 달려들던 속도를 멈추고 뒤로 두세 걸음 물러서자, 도훈의 가슴팍 근처를 아슬아슬하게 스치고 지나가는 섬광 한줄기.

달빛 아래에 은은히 빛나기 시작한 과도용 칼이 남자의 손에 들려 있는 게 아닌가.

"가, 가까이 오지 마!"

남자가 부들부들 떨리는 손으로 칼끝을 겨누며 외친다.

설마 칼을 들고 있을 줄은 몰랐다. 조금만 늦었어도 도훈은 아마 남자에게 큰 치명타를 입었을 게 분명하다.

"끝까지 수고롭게 하는구만."

혀를 차면서 일단 대치 상황을 유지한다. 그러던 와중에 헐 떡이며 간신히 도훈의 뒤를 쫓아온 대한이 어둠 속에서 대치 중인 두 남자를 보고 재빠르게 상황을 파악한다.

남자의 허름한 옷차림, 그리고 비무장.

도훈이 자신만만하게 실탄 하나 없이 쫓은 이유.

남자의 정체는 월북자다.

북한으로 넘어가려던 남자였지만, 북한군의 총소리를 듣 고 다시 남한으로 넘어온 것이다.

아니, 탈북자일 수도 있다. 하지만 탈북자라 하기에는 입고 있는 옷이 지극히 평범하다.

도훈 못지않은 두뇌 회전으로 상황을 파악한 대한이 총구 를 남자에게 겨누며 경고한다.

"지금 당장 칼 내려놓고 바닥에 엎드려라. 이건 마지막 경 고다."

"지, 지랄하지 마! 실탄도 들어 있지 않은 총 따위로 협박하 는 거냐!"

"…쳇."

대한민국은 이래서 문제다. 한국에 사는 남자들이라면 웬만해선 군대를 갔다 오게 마련이다. 그래서 다른 나라에 비해 보편적으로 군대 시스템을 잘 알고 있는 편이다.

아마 남자도 군대를 다녀왔을 것이다. 군인에게 쉽사리 실탄이 지급되지 않는다는 사실을 잘 알고 있기에 현재 이들이 공포탄만을 들고 있다는 사실을 간파한 것이다.

협박이 통하지 않을 거란 사실을 눈치챈 대한이 총구를 내려놓는다.

순간 도훈도 대한의 저런 행동에 놀랐지만, 이내 대한이 남자를 설득하기 위한 전초전을 보여준다는 사실을 깨닫는다.

"알았어, 아저씨. 자, 총 내려놓는다. 해치지 않으니까 칼 내려놓고 얌전히 우리를 따라와. 여기서 더 이상 반항해 봤자 죄목만 더 추가된다고."

"씨발!! 좆같은 대한민국에서 계속 살 바에야 차라리 월북하고 말지! 누가 니들을 얌전히 따라간다고 했냐?"

"그래, 그래. 나도 알고 있어. 이 나라가 좆같다는 사실을. 하지만 그렇다고 가뜩이나 좆같은 나라에서 군대 생활 하고 있는 우리의 신세도 좀 생각해 주면 어디가 덧나? 아저씨도 군 생활 해봐서 잘 알잖아. 아저씨 같은 사람 한 명만 있어도 부대가 뒤집어진다는 거."

양손을 수평으로 올린 대한이 적대적 의사가 없음을 노골적으로 보여주며 말을 이어간다.

"여기서 포기하면 원만하게 해결할 수 있어. 지금이라도 늦지 않았으니까……."

"닥쳐라, 씨발 놈아! 니들이 알기나 해? 취업도 힘들고 먹고살기도 힘든 이 나라가 북한이랑 뭐가 다르다는 거냐고! 여기서 포기하고 얌전히 또 코에 풀칠하기도 힘든 최저 임금 받아가면서 굽실거리며 살아가라고? 그럴 바에야 차라리 북한 가고 만다!'

"……."

나라를 등진 자, 설득하기 매우 힘들지어다.

아마도 모든 소시민의 생각이 이러할 것이다. 세상 살기 참으로 각박하다. 오죽하면 군대에 있을 때가 그립다는 말도 나오겠는가.

도훈도 그 점에 대해서는 잘 알고 있다. 직접 사회생활을 해본 적은 없지만, 자신의 아버지가 살아가는 모습을 보면 사회라는 이름의 지옥 속에서 불쌍하게 노동력을 착취당하는 존재가 바로 대한민국 국민이 아닐까 싶을 정도이다.

그렇기에 사단장에게 제안 받은 간부 지원에 대해서도 거절하지 못하고 생각해 보겠다는 답변을 내놓은 것이다.

먹고살기 힘들다.

이 상황은 나아질 기미조차 보이지 않고, 앞으로도 계속 심화될 것이다.

먹고살기 힘든 나라 대한민국.

월북자라는 존재 또한 대한민국 사회가 만들어낸 부작용 중 하나일 터이다.

"어떻게 하시겠습니까, 김 병장님?"

"……."

칼날을 세우며 대치 중인 남자가 여전히 눈을 부라린다.

아무리 생각해도 남자의 기세를 꺾을 자신이 들지 않는다. 이렇게 되면 강제적으로 무력을 통해서 진압해야 하지만, 어두운 산속에서 자유로운 행동에 제약이 걸린다는 사실은 이들도 충분히 잘 알고 있다.

물론 도훈에게는 앨리스라는 조력자가 있다. 하지만 앨리스가 말하고, 그걸 도훈이 듣고, 직접 행동에 임하려면 꽤나 많은 소비 과정이 필요하다.

"…야, 이도훈."

대한이 식은땀을 흘리며 말한다.

"설득하는 것과 달려드는 것, 어느 게 더 효과적일 거 같냐?"

"……."

전자는 위험하다. 행여나 남자의 칼부림에 상처를 입을 수도 있으니까 말이다.

후자가 더 나은 선택이 아닐까 하는 말을 하려던 찰나에,

"으아아아악!!"

남자가 거의 자포자기식으로 칼날을 세운 채 달려든다.

상대방은 다름 아닌 가장 먼저 자신을 공격했던 이도훈이었다.

"쳇!"

혀를 차면서 남자의 돌격을 피하려 했으나, 예상치 못한 상황이 벌어지고 만다.

"……!"

나무뿌리를 미처 발견하지 못하고 걸려 넘어진 것이다.

쿵!

"빌어먹을!"

"죽어라! 이 씨발 새끼야!!"

남자가 칼날을 세우며 도훈에게 휘두르려는 찰나였다.

푸욱!

"…김 병장님!!"

남자와 도훈의 사이를 가로막은 건 다름 아닌 김대한.

옆구리에 깊숙이 들어간 과도용 칼을 타고 핏방울이 하나둘씩 떨어진다.

"좆나게 아프네."

대한의 표정이 일그러진다. 순간적으로 놀란 남성이 자신도 모르게 칼에 손잡이를 떼고 뒷걸음질을 치지만, 그걸 놓칠 도훈이 아니었다.

"개새끼가!!"

도훈이 욕지거리를 내뱉으며 있는 힘껏 개머리판으로 남자의 뒷덜미를 가격한다.

퍼억 소리와 함께 그대로 정신을 잃고 쓰러진 남자. 그와 동시에 대한도 무릎을 꿇는다.

"김 병장님!!"

정신없이 대한에게 뛰어간 도훈의 동공이 크게 흔들린다.

전투복에 묻어 나오는 다량의 혈액.

"김 병장님, 정신 차리십쇼! 김 병장님!!"

도훈의 외침에도 불구하고 대한은 점점 정신을 잃어가고 있었다.

그다음 날 아침.

"네 덕분에 월북자는 무사히 헌병대로 넘길 수 있었다. 수고했다."

포대장이 도훈의 어깨 위로 손을 올리며 말한다.

하지만 도훈은 순수하게 기뻐할 생각이 들지 않았다. 월북자를 체포했든 뭘 했든 간에 문제는 자신이 소속되어 있는 하나포 분과의 최고 선임이자 전역을 얼마 남기지 않은 김대한의 입원이었다.

"그래도 김대한 이 녀석, 크게 다치지 않아서 다행이잖냐. 안 그러냐, 이도훈?"

행보관이 위로 겸 안부 인사를 전해온다. 행보관도 잘 알고 있을 것이다. 대한이 자신을 지키기 위해 몸을 던져 상처를 입었다는 사실을.

도훈에게 있어서는 월북자 체포 사건이 마냥 기뻐할 만한 일은 아닐 것이다. 그것을 행보관도 잘 알고 있기에 빠르게 이번 일을 마무리 짓는다.

"안재수."

"상병 안재수."

행보관이 헛기침을 하면서 재수에게 손짓한다.

"잠시 따라와라."

"예, 알겠습니다."

영문을 모르겠다는 듯 의아한 표정을 지어 보이던 재수지만, 이내 알았다는 듯이 고개를 끄덕이고 뒤를 따른다.

한편, 잠시 바람 좀 쐬러 가겠다고 말을 전한 도훈이 빨래 터에 자리를 잡는다.

그러자 기다렸다는 듯이 등장하는 이도훈 서포터즈 3인방. 그리고 쉽사리 볼 수 없는 차원관리국 국장 체서까지 모습을 드러낸다.

풍성한 핑크빛 머리카락이 바람에 찰랑인다. 근처 커다란 돌에 걸터앉은 도훈에게 다가간 체서가 무표정한 얼굴로 작은 입술을 천천히 움직이기 시작한다.

"지금 네가 느끼는 감정은… 죄책감이라는 것이군."

"굳이 말로 표현하지 않아도 충분히 알 수 있잖아."

"과연."

"…넌 어제 있던 일이 미래에 벌어질 거라고 알고 있었지?"

체서는 미래를 아는 자. 차원관리국에서도 가장 많은 권한을 쥐고 있는 존재다. 팀장인 다이나조차 알 수 없는 미래를 체서는 알 수 있다. 불확실한 미래를 독점하는 게 조금은 불공평하게 다가올 수 있지만, 그렇다고 모든 존재가 미래를 알게 되면 그것 또한 세상의 불균형을 가져온다.

피드백의 남발은 결코 좋지 않은 일이니까.

"알고 있었다면?"

"……."

"미리 알려주지 않은 나를 원망할 건가, 이도훈?"

"…아니."

냉정하게 머릿속을 정리한다.

감정적으로 따지자면 도훈은 체서에게 충분히 화를 내고 싶다. 대한이 다칠 것을 알고 있었다면, 그리고 월북자가 그런 행동을 할 거라는 사실을 미리 알고 있었다면 도훈은 분명 대한을 다치게끔 하지 않고 일을 잘 처리할 수 있었을 것이다.

물론 나무뿌리에 걸려서 넘어진 자신의 탓도 부정할 수 없다.

하지만 미래를 아는 자가 바로 근처에 있었다. 하다못해 물어볼 수는 있지 않은가. 그렇다고 체서가 얌전히 미래를 알려 줄 거란 생각은 하지 않는다.

"네 선택은 옳은 거야, 이도훈."

감정이 느껴지지 않는 체서의 목소리가 이어진다.

"네가 미래를 알려 했다면, 행여나 무리하게 미래를 알아 내려 했다면 필히 그 상황에서 벌어질 인과율의 수치는 차원 관리국으로서도 예측하지 못할 정도겠지. 김대한이라는 인 물에겐 미안하지만, 그 남자는 너를 구하기 위해 다칠 운명이 었어."

"운명이라……."

"그래도 생명에 지장이 없는 걸로 끝난 것을 다행으로 생 각하는 게 좋을 거야. 긍정적인 방향으로 머리를 굴려보는 게 어때?"

"하하!"

짜증나지만 체서의 말은 지극히 당연하다.

대한은 스스로 자신을 구하기 위해 몸을 던졌다. 도훈에게 있어서는 양심의 가책만 있을 뿐 커다란 과실은 없다고 보는 게 무방할 것이다.

"한 가지 묻지, 이도훈."

바지에 묻은 먼지를 털고 일어서려던 도훈에게 체서가 한 가지 질문을 던진다.

"만약 어제와 같은 일을 네가 사전에 알고 있었다면 어떻게 했을 텐가?"

"그야 당연하잖아."

도훈이 시원스럽게 웃으며 차원관리자들에게 똑바로 들으라는 듯이 말한다.

"피드백 따위는 내 알 바 아니야. 어차피 사람에게 있어서 미래란 존재는 불확실하긴 마찬가지니까. 그러니까 나는 주저할 이유도 없이 김 병장을 구했을 거다."

"본능이 이성을 앞선 대답이군. 현명하지 않아."

"나도 그렇게 생각해."

엄청난 피드백이 반작용으로 올 수도 있다는 가능성을 무시하고 김 병장을 구한다.

차원관리자들의 입장에서는 지극히 이해타산이 안 맞는 행동일지 모르지만, 이도훈이라는 남자의 대답은 그러했다.

"하지만 마음에 드는 대답이군."

체셔의 마지막 말을 끝으로 차원관리자들은 다시 모습을 감추었다.

행보관의 배려일까.

국군수도병원에 입원해 있는 대한의 병실에 하나포 인원 전부가 모습을 드러낸다.

복부에 붕대를 감고 있는 대한이 별일이라는 듯이 너털웃음을 터뜨리며 말한다.

"이야, 설마 우리 분대원 녀석들을 병원에서 다 보게 될 줄이야. 전역이 3일 남아서 그런 걸까. 별 희귀한 일을 다 겪네."

"김 병장님, 몸은 좀 어떻습니까?"

"나야 괜찮지. 안 그래도 방금 전에 행보관님이 나 전역하기 전까지 작업 못 굴려서 배 아프다면서 가더라."

실로 행보관다운 위로 방법이다. 장난이라는 걸 알고 있지만, 농담이라도 건네줘야 이 분위기를 풀 수 있으리라 생각했을지도 모른다.

"야, 이도훈."

"예."

"뭘 그리 풀죽어 있냐, 천하의 군대 마스터가?"

"…아닙니다."

"니가 실수한 것도 아니고 내가 구해주고 싶어서 그랬다. 그리고 선임이 후임을 지켜줘야 하는 건 지극히 당연한 거 아니냐?"

"……"

도훈은 앨리스의 천리안과 체셔의 미래 예측 능력을 지니고 있다. 그럼에도 불구하고 이번 월북자 사건은 대한보다도 별다른 활약을 보여주지 못했다. 아니, 오히려 대한의 발목을 잡은 셈이다.

이건 이도훈이 너무 자만해서 생긴 일이다.

처음부터 안전하게 다른 분대원들과 함께 월북자를 쫓았다면 좋았을 텐데.

너무 자신의 능력을 과신하고 있었다. 공교롭게도 이번 사건이 도훈에게 있어서는 반성의 계기가 된 셈이다.

"아무튼 조만간 도훈이 너는 사단장님 표창 한 번 더 받겠네."

대한의 말에 도훈이 고개를 절레절레 흔든다.

"상을 받으실 분은 제가 아니라 김 병장님입니다."

"…뭔 소리냐?"

"이번 월북자 체포 건에 대해서는 김 병장님의 공이 매우 컸습니다. 전 그저 제 능력을 과신하고 앞다투어 행동했을 뿐이지, 사실상 김 병장님이 없었으면 전 탈북자를 잡기는커녕 부상만 당하고 놓쳤을 겁니다."

"인마, 그냥 속 편히 니가 받아. 어차피 난 전역도 얼마 안 남았어. 표창장 받아봤자 쓸모도 없다고."

"그렇다면 김 병장님."

이번에는 재수가 대표로 나선다.

"저희가 김 병장님에게 드리는 전역 선물이라고 생각하시면 되지 않습니까."

병문안을 오기 전에 표창장 수여에 대해서 그 대상자가 김대한이 되어야 한다는 말은 다름 아닌 이도훈이 먼저 꺼낸 의견이다.

행보관의 차를 타고 오면서 이런 말을 꺼낸 도훈을 다들 이상하게 바라봤지만, 이내 도훈의 의도를 알아차리고 모두가 고개를 끄덕였다.

특히나 행보관으로서는 마지막까지 자신을 생각해 주는 후임들과 마지막 군 생활을 보낼 김대한이 생각났는지 차를 운전하며 입꼬리를 올릴 수밖에 없었다.

'녀석, 그래도 군 생활 하나는 나쁘지 않게 했구만.'

누군가에 비해서 특출 나지도 않았지만, 누구에게도 뒤처지지 않을 정도로 자신의 자리에서 알게 모르게 최선을 다해왔다.

행보관이 그 사실을 모를 리가 없다. 대한과 가장 많은 군 생활을 함께한 인물이기도 하니까 말이다.

그리고 전역을 얼마 남기지 않은 대한에게 추억이 될 만한 변변치 않은 선물조차 해주지 못한 행보관으로서는 하나포 분대원들의 의견이 대견하다고 느껴질 수밖에 없었다.

그 결과 바로 지금,

"너… 이 녀석들……."

대한이 하나포 분대원들을 훑어본다.

이제 막 분대장을 달았지만, 포대의 브레인이라 불리며 김대한 본인보다 더 뛰어난 활약을 보여줄 것으로 기대되는 안재수.

가끔 짜증나긴 하지만, 그래도 같이 어울려 주는 일에 특화

된 재미있는 후임 김범진.

A급 일병이란 소리를 들으며 조만간 하나포의 미래를 짊어질 한수.

모자라지만 그래도 인간미와 의리 하나는 넘치는 김철수.

그리고 마지막으로,

"김 병장님에게 받은 도움, 절대 잊지 않고 후임들에게 물려주겠습니다."

군 생활 마스터라 불리며 사상 최강의 군인으로 불리는 이도훈까지.

"이 씨발 놈들, 감히 내 눈에 눈물 나게 하려는 거냐?!"

"엇, 김 병장님, 우신다!"

"울지 마~! 울지 마~! 울지 마~!"

"시끄럽다!!"

범진과 철수가 번갈아 대한을 놀리듯이 외친다. 재수는 그저 쓴웃음을 지을 뿐이고, 한수는 어색하게 웃어 보인다.

그리고 도훈은 김대한과 마주 잡은 손에 살짝 힘을 더해 슬슬 또 다른 말년병장을 떠나보낼 마음의 준비를 한다.

김대한.

그는 2년 동안 특출 난 군인이 아니었다.

하지만 지금 이 순간만큼은 모두가 김대한을 주목하고 있다.

"내가 돌아왔다, 제1포대여!"

"오옷, 김 병장님!"

생활관 모두가 배에 붕대를 두른 채 등장한 대한에게 각종 환호와 휘파람을 보내온다.

월북자를 잡은 영웅으로서, 그리고 후임을 구하기 위해 온몸을 불사른 선임으로서 대한의 이름은 벌써부터 유명세를 타기 시작했다.

물론 내일모레면 그는 전역한다. 그럼에도 불구하고 대한은 기분이 좋았다.

"김 병장님, 식당, 식당 내려가셔야 합니다!"

"야, 난 환자라고! 좀 부드럽게 다뤄!"

범진과 철수가 각각 오른쪽과 왼쪽으로 대한을 거의 들다시피 식당을 향해 데려가기 시작한다. 조금 이른 퇴원이지만, 그래도 병원에서 쓸쓸히 전역을 하는 것보다는 훨씬 나은 편이다.

대대 식당으로 내려가자 취사병을 시켜 미리 마련한 고급스러운 음식들(?)이 테이블 위에 모습을 드러낸다.

이들이 준비한 것은 대한이 미치도록 좋아하는 슈X치킨.

덕분에 PX에 있는 슈X치킨은 거의 전부 다 쓸어오다시피 했다.

"이, 이것을?!"

"약속하지 않았습니까, 김 병장님. 진급 시험 열심히 도와

주시면 그에 걸맞은 상을 드리겠다고."

"그래, 이게 바로 천국이지! 암, 그렇고말고!"

먹는 데엔 큰 제약을 받지 않았기에 테이블에 자리를 잡고 앉아 무서운 속도로 슈X치킨을 제거해 나가기 시작한다.

그리고 시간은 계속 흘러 드디어 전역을 하루 앞두게 된 김대한.

내일이면 전역을 하는 그였지만, 하나포 인원에게도 오늘 하루는 특별한 날이 되었다.

"병장 안재수!"

"병장 김범진!"

드디어 작대기 네 개짜리 모자를 쓰게 된 재수와 범진, 기타 병장 진급자들이 막사 앞에 서 있는 제1포대장에게 거수경례를 한다.

뒤이어 병장에 비해서는 작대기의 개수가 두 개 모자라지만, 그리도 한 개에서 또 하나를 추가했다는 점에 의의를 두는 게 좋다고 생각할 정도의 딱 적당한 계급인 일병으로 진급한 자들의 관등성명이 우렁차게 울린다.

"일병 이도훈!"

"일병 김철수!"

일병으로 진급한 도훈과 철수까지 포함해서 하나포 인원 네 명은 전원 이번 달에 진급을 무사히 마치게 되었다.

진급자 신고를 받은 포대장이 고개를 끄덕이며 한 명씩 진급 축하 말을 건넨다.

특히나 도훈 앞에서는 의미심장한 말을 한다.

"자네는 일병보다 다이아몬드 하나로 진급하는 게 더 어울릴지 모르겠어."

필히 이것은 간부 지원을 뜻하는 말이리라.

뒤에서 얌전히 듣고 있던 유리아도 포대장의 의도를 눈치챌 수 있었다. 그녀 또한 잘 알고 있다. 도훈이 간부들에게 간부 지원을 많이 권유받고 있다는 사실을.

유리아 본인도 이도훈 정도의 능력을 지닌 병사라면 충분히 간부 지원도 가능하다고 생각한다.

하지만 도훈은 잠정적으로 자신의 길을 정했다.

이번 대한의 희생으로 인해서 말이다.

"일단 작대기 네 개는 달기로 했습니다."

"…그렇군."

이도훈의 목표는 어디까지나 무사 전역, 즉 꼬장의 신이라 불리던 말년병장이다.

같은 말년병장으로서 대한의 행동은 도훈에게 있어서 어떤 의미로 충격이었다.

자신도 대한과 같은 사람이 되고 싶다.

후임을 위해서 자신을 내던질 수 있는 용기 있는 사람이 되고 싶다.

비록 대한은 특출 나던 사병이 아니었지만, 이도훈이라는 인물에게 있어서는 이상적인 말년병장으로서 자리매김하기 시작했다.

이윽고 123대대로 다시 방문하게 된 사단장이 단상에 오르자, 전 병력이 차렷 자세로 일관한다.

그사이에 천천히 모습을 드러낸 김대한.

"태풍!"

"음!"

부상을 당했음에도 불구하고 대한의 거수경례는 실로 우렁차고 당당했다.

사단장 역시도 대한의 기개에 고개를 끄덕이며 거수경례를 받아준다.

이윽고 시작된 사단장 표창장 수여식.

대한의 군 생활을 통틀어서 가장 찬란하게 빛나는 날임과 동시에 김대한이라는 이름 석 자를 다른 사람들에게 각인시키는 일이기도 했다.

평생 묻혀 살던 그에게는 더없이 소중한 영광스러운 자리.

그 영광스러운 자리는 혼자만의 힘으로 달성된 것이 아니다.

"축하합니다, 김 병장님!"

"사랑해요, 김 병장! 우윳빛깔 김 병장!"

뒤에서 열렬한 축하 행렬을 보내오는 하나포 인원들이 있어줬기에 대한은 오늘 이 순간까지 군인으로서 힘을 낼 수 있었다.

표창장을 수여 받은 김대한은 굳은 얼굴로 단상을 내려온다.

이제 오늘 저녁이다.

그는 마음속으로 소중하게 여기는 다른 이들과의 이별을 준비해야만 한다.

드디어 마지막 밤.

오늘 당직을 맡게 된 행보관이 대한에게 있어서는 마지막 점호가 되는 시간을 담당하게 되었다.

1생활관 집합을 명령한 행보관이 오대기 소대장으로 인해 막사에서 임시적으로 같이 생활 중인 하나포 반장을 부른다.

그리고 뒤이어 모여 있는 병력 한가운데에서 김대한을 보고 소리친다.

"어이, 내일 전역자."

"민간인 예정자 김대한!"

"민간인 예정은 개뿔, 넌 아직 군인이다, 인마."

행보관의 말에 모두가 웃음을 빵 터뜨린다. 병장도 아닌 민간인 예정자라 자신의 관등성명을 외친 대한이 머리를 긁적이며 어색하게 웃어 보인다.

"잔말 말고, 내일 전역하는데 애들한테 뭐라 한마디 소감이라도 말해봐라."

"에… 설마 행보관님이 이런 이벤트를 준비하셨을 줄은 몰랐는데 말입니다."

"이 잡것이, 모른 척하지 말고. 이 행보관 밑에서 2년 동안 다른 전역자들 보내면서 니도 잘 알 거 아니냐?"

"하하, 물론 잘 알고 있습니다."

잠시 숨을 고른 대한이 자리에서 일어나 자신을 바라보는 모두를 쭉 훑어본다.

2년간의 청춘을 보내온 막사.

그리고 이제는 자신이 최고참이 되어버린 이 순간.

"뭐라 말을 해야 좋을지 모르겠지만… 예전의 나도 너희처럼 전역자를 바라보는 입장이었지. 그럴 때마다 매번 생각했어. 전역하는 기분은 어떤 기분일까, 얼마나 좋을까 등등."

모두가 숨을 죽이며 대한을 바라보는 와중에 뻘쭘하게 뒷머리를 긁적이며 말을 이어간다.

"과연 나한테도 전역하는 순간이 오게 될까 하는 의심까지 들었지. 하지만 국방부 시계는 거꾸로 달아도 움직인다는 말이 있잖아? 어쩌다 보니 이제는 내가 전역자로서 너희들 앞에 서게 되었구나."

처음 입대했을 때 대한은 신병으로서 가장 막내였으며 자신의 위로 80명이 넘는 선임이 있었다.

하지만 시간이 지날수록 한 명씩 이 막사에서 떠나게 되면서 대한은 점점 자신의 선임보다 후임의 숫자를 더 많이 받게 된다.

그리고 그 시간이 2년이라는 기간을 채웠을 때,

이제는 대한의 차례가 되었다.

"솔직히 말해서 난 다른 전역자들에 비해 그렇게까지 존재 감이 큰 사람도 아니었고, 너희에게도 딱히 기억될 만한 그런 인물도 아니야. 그나마 오늘 우리 분과 녀석들 덕분에 생전 기대도 않던 사단장님 표창장이라는 과분한 상을 받게 된 거 하나가 자랑거리이자 동시에 군 생활의 추억거리로 자리매김 한 것일 뿐이지."

이제 와서 생각해 보니 정말 표창장 이외에 상을 받은 것도 없을뿐더러 그 흔한 포상휴가도 자주 받은 기억도 없다.

남들이 하는 만큼만 하자.

그리고 남들에게 뒤처지지 말자.

그런 신조를 품고 달려온 김대한 병장이 드디어 내일 전역 을 맞이하게 된다.

"아무튼… 그동안 못난 이 김대한을 따라와 줘서 진심으로 고맙다. 그리고… 내가 123대대 제1포대 하나포 출신임을 절 대로 잊지 않으마! 진심으로 고맙다, 이놈들아!"

짝짝짝!!

우레와 같은 박수 소리와 함께 대한이 어색한 웃음으로 자 리에 앉는다.

조금이나마 더 말을 이었다간 눈물이 나올 뻔했다.

아직 전역을 한 것도 아닌데 여기서 울어버리면 추하다는 생각을 품은 대한이 필사적으로 감정을 억누른다. 눈물 어린 이별의 순간은 오늘이 아닌 내일이니까.

대한의 소감을 듣는 것으로 점호를 끝낸 행보관.

1생활관에서 취침 준비를 하려는 대한에게 불길한 기운이 다가온다.

"김 병장?"

"김뱀~!"

포단과 모포를 들고 대한에게 서서히 접근하기 시작한 범진과 철수, 그리고 재수와 한수, 마지막으로 도훈까지.

반사적으로 불길함을 눈치챈 대한이 빠른 몸놀림을 선보이며 이들과 마주 대치한다.

"이, 이놈들이 뭐 하는 짓이냐?!"

"뭐하긴, 모포말이 안 해?"

이제는 완전히 말을 놓아버린 범진이 제1생활관 인원에게 외친다.

"아그들아, 지금이다! 총공격 찬~스!"

"오오오오옷!!"

"김 병장, 나의 일격을 받아라!!"

퍽퍽!! 퍼버벅!

"이 씨발 놈들아! 나 부상자라고! 으억!!"

"그런 게 무슨 상관이야! 얌전히 가드나 올려!"

푹! 퍼억!!

1생활관 가득히 울려 퍼지는 굉장한 타격 음에 김대한의 구슬픈 비명 소리가 첨가된다.

"저 미친 녀석들, 어이쿠!"

허리를 툭툭 치며 행정반 안으로 들어온 김대한에게 마침 잘됐다는 듯이 이리 오라고 손짓하는 행보관.

"어이, 말년. 일로 와서 술이나 한잔하자."

"…술 말입니까?"

"그래, 아까 하나포 반장한테 말해서 닭하고 맥주 사오라고 했으니까 행보관실에서 먹자. 어차피 마지막이잖냐. 아니면 이 행보관이랑 마시기 싫은 거냐?"

"아, 아닙니다!"

행보관실에서 대기하고 있자, 5분이 채 지나지 않아 하나포 반장이 치킨과 맥주를 들고 등장한다.

테이블 위에 제대로 세팅을 마치자, 단독군장을 벗은 행보관이 하나포 반장과 대한 사이에 앉는다.

"내일 전역인데 이 행보관하고 술이나 한잔하자고 불렀다."

"하하, 이러니까 정말 전역자라는 실감이 확 와 닿습니다."

군대 내에서 술을 마실 수 있는 것은 회식 때 이후로 허가 되지 않는다. 과연 행보관이라고 할까. 규율도 규율이지만 역시 정이 앞서는 남자다.

"아무튼 이 뺀질이 밑에서 고생 많이 했다."

"너무합니다, 행보관님. 뺀질이라니……."

하나포 반장이 행보관의 말에 태클을 걸지만, 뺀질이라는 이미지가 워낙 강해서 차마 본인도 부정할 수 없다.

"김대한, 전역하고 나서 연락해라."

"예, 당연하지 말입니다."

하나포 반장의 말에 대한이 고개를 힘차게 끄덕인다.

2년을 함께한 이들.

드디어 이들과 작별할 시간이 다가왔다.

"부대~ 차렷!"

두 줄로 마주 선 병사들.

그 사이로 대한이 천천히 발걸음을 옮긴다.

전역의 아침. 마지막을 군대리아와 함께 보낸 대한의 발걸음이 한 발자국, 그리고 한 발자국 힘차게 앞을 향해 나아간다.

주변에서 들려오는 박수 소리.

그리고 더러 들리는 울음소리.

김대한은 행보관 밑에서 '정이 많은 남자'로서 성장해 왔다.

처음 도훈이 다른 말년병장들에게 쓴소리를 들을 때에도 대한이 막아줬다.

도훈이 입대하고 나서 처음으로 보내는 분과 전역자.

김대한 병장.

그는 특출 난 병사가 아니었다.

하지만, 모두에게 기억이 될 만한 존재임에는 틀림없을 것이다.

"후우……."

기다란 한숨을 쉬며 위병소 바깥을 향해 드디어 대망의 첫 걸음을 내딛는다.

위병소 뒤에서 등을 떠밀어주는 듯한 전우들의 응원 소리.

이제 그는 더 이상 군인이 아니다.

앞으로는 사회인으로서 또 다른 전쟁을 위해 살아갈 것이다.

"진짜… 기분 참 묘하네."

전투모를 깊게 눌러쓰는 김대한.

위병소를 통과하기 직전까지 꾹 참았던 눈물을 터뜨린다.

생활하는 데 지장이 있을 정도로 허름한 구막사,

매번 지겹게 돌던 흙먼지 연병장,

좁아터진 축구 골대,

등산하는 기분으로 올랐던 외곽 초소,

여름에만 시원해서 좋았던 포상,

그리고 이제 더 이상 볼 수 없는 전우들까지.

위병소 밖을 걸어가면서도 끝까지 자신을 위해 응원의 목소리를 높이는 이들의 모습이 벌써부터 그립다.

2년을 보내온 부대로부터 차마 떨어지지 않는 발걸음을 재촉하는 그의 이름은 김대한.

병장 김대한이 아닌 민간인으로서의 첫출발이다.

사회라는 이름의 또 다른 부대로 입대하기 위한 그의 행보.

하지만 대한은 절대로 잊지 않으리라 맹세한다.

자신이 보내온 2년간의 군 생활을.

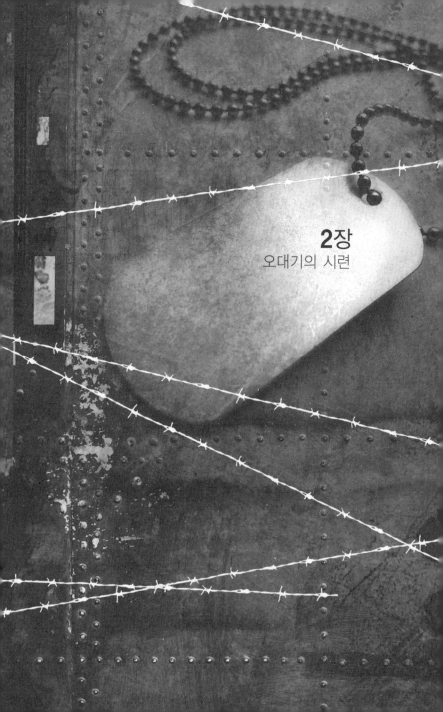

2장
오대기의 시련

123대대 제1포대는 김대한이라는 전역자를 보내고 난 이후에도 끊임없이 시간을 보내기 시작한다.

여섯 명에서 다섯 명으로 줄어든 하나포 인원들은 점점 더워지는 날씨 속에서 아침 구보를 마치고 난 이후 세면세족을 하고 식사까지 끝낸 뒤 포상으로 향한다.

"아따, 시원하구만."

포상으로 불어오는 바람이 이들을 반긴다.

앞뒤가 뚫린 동굴 형태를 취하고 있기에 여름에는 시원하다는 장점을 지니고 있는 장소가 바로 포상이다.

이미 하복으로 복장을 바꾼 이들은 손등으로 땀방울을 훔

치며 아침 방열을 점검한다.

"고작 한 명 빈 것뿐인데 왜 이리도 허전한지 모르겠다."

범진의 말에 철수가 요즘 들어 부쩍 자라기 시작한 잡초를 몇 가닥 뽑으며 대답한다.

"그러게 말입니다. 매번 들어오던 말년 꼬장이 없어져서 그런지 좀 섭섭하기도 합니다."

"뭐, 갈 사람은 가는 게 최고지. 시원섭섭하긴 해도. 그렇다고 군대가 그립다고 간부 지원을 하는 것도 웃길 테니까."

"간부 지원이라……."

최근 사단장에게 간부 지원을 제안받은 도훈으로서는 여러 가지 생각이 들 수밖에 없었다.

그러고 보니 도훈 말고 간부 지원을 꿈꾸던 사람이 한 명 더 있지 않았던가.

"도훈아, 생각해 보니까 그 녀석, 어떻게 되었으려나?"

철수가 몰래 다가와 묻는 말에 도훈이 도리어 철수에게 질문을 퍼붓는다.

"누구를 말하는 거냐?"

"그… 있잖아. 우리 훈련소 조교."

"아."

이제야 생각이 난 도훈이 머릿속에 한 인물을 떠올린다.

훈련소 조교로 일한 우매한 일병.

그는 가난한 집안에 보탬이 되고자 일찌감치 취업을 해 돈을 벌었고, 군대에서도 직업군인을 하고자 생각하던 인물이다. 지금쯤이면 이미 하사관을 달지 않았을까 하는 생각이 든다.

"어떻게 되었는지 모르겠네."

철수가 잠시 옛 훈련소 생각이 나는지 회상해 본다.

그때 당시에도 정말 파란만장한 훈련소 생활을 보내던 이들인데, 지금 생각해 보면 그것도 벌써 6개월 전의 일이다.

참으로 신기한 일이 아닌가. 시간이 안 가는 듯하면서도 벌써 반년이 지나 한창 더운 여름 시즌이 온 것이다.

"국방부 시계는 진짜 가긴 가는구나."

전역 일까지 600대를 남겨두던 그들의 군 생활 일정도 이미 600대가 깨진 지 오래다. 물론 아직까지도 토가 나올 정도로 한참 남은 것은 부정할 수 없는 사실이지만, 그래도 여하튼 중요한 것은 더 이상 600대가 아니라는 사실이다.

땅~ 땅~ 땅~!

한창 그런 생각을 하고 있을 무렵, 집합을 알리는 타종 소리가 들려온다.

포를 점검하던 재수가 전투모를 눌러쓰며 이들에게 말한다.

"막사 위로 올라가자."

"예!"

초록색 견장을 찬 재수의 말에 모두가 일사불란하게 움직이며 오와 열을 맞춰 막사로 향해 발걸음을 옮긴다.

바로 그때,

에에에에에엥!!

"이 불길한 사운드는……?"

반사적으로 무작정 뛰기 시작한 이도훈. 그에 발맞춰 재수가 빠르게 소리치기 시작한다.

"오대기 비사아앙!!"

"오대기 비상!!"

난데없이 울려 퍼진 오대기 소집 사이렌.

하필이면 이번 주부터 오대기를 담당하기 시작한 날, 그것도 아침부터 오대기 비상이 울려 퍼진 것이다. 이도훈은 있는 힘껏 전력질주를 하면서 자신의 재수 없음을 한탄할 뿐이다.

"씨발, 왜 하필이면 아침부터 오대기냐고!!"

전투화를 신은 채 열심히 달려가는 도훈을 비롯해 다른 분과 오대기도 열심히 막사로 뛰어오기 시작한다.

막사 바깥에 있던 행보관이 아침 식사를 먹은 직후 트림을 내뱉으며 여유롭게 소리친다.

"이 잡것들아, 후딱 대대 상황실로 안 뛰어가냐!"

"죄, 죄송합니다!"

파박! 팍!

황급히 막사 내부로 뛰어들어온 도훈이 군장과 방탄모를 거의 낚아채다시피 하면서 행정반으로 뛰어들어 간다.

이미 당직인 최수민이 총기보관함을 열어두고 있었기에 총은 쉽사리 빼낼 수 있었다.

"최수민 병장님! 갑자기 왜 오대기가……."

"나도 몰라, 인마. 그냥 무작정 뛰어가면 알겠지."

하필이면 근무 휴식을 앞두고 오대기가 울린 바람에 최수민 역시도 당직사병 교체도 못하고 이런 고생을 하고 있다.

막사 바깥에는 수송분과 오대기를 맡게 된 이대팔이 5톤 트럭을 이끌고 내려오고 있었다.

"빨리 서두르시기 바랍니다!"

뚱뚱한 덩치를 창문 밖으로 내밀며 소리치는 이대팔의 말에 오대기 인원들이 황급히 5톤 트럭 뒤에 탑승하기 시작한다.

그리고 마지막으로 등장한 인물은,

"이런 씨발! 아침부터 무슨 난리야!"

뺀질이라 불리는 하나포 반장이 자신의 단독군장을 한 손으로 들고서 이도훈에게 외친다.

"도훈아, 내 군장 좀 받아줘라!"

"예, 예!!"

날아오는 군장을 재주도 좋게 두 손으로 받아 든 도훈. 나이스 캐치라는 칭찬과 함께 날렵한 몸놀림으로 운전석에 오른 하나포 반장이 이대팔에게 소리친다.

"자, 고고고!"

"단독군장도 안 차시는 겁니까?!"

이대팔이 기겁하며 외치지만, 하나포 반장은 괜찮다는 듯이 말한다.

"인마, 대대 상황실 앞에 내려가면서 차면 돼. 이런 건 다 가라로 하는 거라고."

"…행보관님이 못 보셨기에 망정이지, 보셨으면 으름장을 늘어놓으셨을 겁니다."

"안 들키면 됐잖아. 자, 출발!"

우렁찬 엔진 소리와 함께 대대 상황실을 향해 육중한 몸을 움직이는 5톤 트럭. 거대한 타이어를 움직이며 정확히 5분이 막 넘어가려는 시점에 제1포대 오대기 인원이 전부 출동을 완료했다.

대대 상황실에서 이 상황을 모두 지켜보고 있던 작전과장이 뺀질거리는 하나포 반장을 보며 쓴소리를 늘어놓는다.

"넌 단독군장도 안 차고 부하한테 맡기고 온 거냐?"

"헤헤, 죄송합니다."

"내가 못산다, 진짜. 어차피 오늘이 마지막이잖냐. 제대로 좀 해라."

"예, 알겠습니다!"

과장된 거수경례로 작전과장의 마음을 풀어보려는 하나포 반장의 노력이 통한 것일까. 가벼운 한숨으로 넘어간 작전과장이지만, 제1포대 오대기 인원들은 신경이 쓰이는 단어를 곱씹을 수밖에 없었다.

마지막이라니?

오대기는 1주일 단위로 돌아간다. 아직 오대기가 끝나려면 5일이나 남았거늘 왜 오늘이 마지막이라고 하는 것일까.

그리고 아침부터 오대기 비상이 걸린 이유는 또 무엇일까.

보통 아침에 상황이 걸리는 건 매우 드문 일이다. 실제 상황, 아니면 검열을 위한 훈련 둘 중에 하나인 경우를 제외하고는 웬만해선 아침부터 오대기 비상이 걸리지 않는다.

빠르게 머리를 굴리며 이 모든 정황을 유추하기 시작한 도훈이지만, 뒤이어 작전과장이 이 모든 수수께끼 일부를 해결해 주는 발언을 내뱉는다.

"아직 너희 각자 부대에는 통보가 안 갔을지도 모르지만, 이번 주에 우리 부대가 사단 대표로 오대기 검열을 받게 되었다."

"……!!"

작전과장의 말에 병사들의 표정이 순식간에 일그러지기 시작한다.

연대 대표도 아니고 사단 대표라니!

군 생활에서 병사들이 가장 꺼려하는 것 중 하나가 바로 상급 부대에서 오는 검열이다.

검열을 받기 위해 칫솔 하나로 막사 전 구석을 청소하는 경우도 발생하며, 되도 않는 보여주기식 훈련을 위해 온갖 고생을 다 하게 마련이다.

그런 무시무시한 검열을, 그것도 오대기 검열을 사단 대표로 받게 되다니!

이 얼마나 재수 옴 붙은 일일까.

"내 군 생활, 진짜 왜 이러냐?"

이대팔이 온몸으로 괴로워하는 제스처를 취하지만, 작전과장은 여지없이 이대팔의 말을 깡그리 무시하는 발언을 뒤이어 한다.

"만약 사단 대표로 검열을 받아서 성적이 좋지 않을 경우에는… 나도 어떻게 될지 모른다."

꿀꺽!

오대기 인원 전부가 마른침을 삼킨다. 물론 거기에는 작전과장도 포함되어 있다.

"그러니까 살고 싶으면… 죽어라 열심히 해라."

그 한마디에 오대기 인원의 표정은 다 사색이 되었음은 군이 말할 필요도 없다.

"푸하하하하! 넌 진짜 재수도 없다. 하필이면 사단 오대기 검열 일자에 오대기가 걸리다니!"

범진이 배가 터져라 깔깔 웃으면서 도훈을 약 올린다. 물론 최근 범진의 영향을 강하게 받기 시작한 철수도 마찬가지다.

"그래도 군 생활 마스터니까 어떻게든 하겠지 말입니다.

크큭!"

"……."

순간 철수의 안면에 기적의 스트레이트를 선사해 줄까 고민하던 도훈이지만, 아침 집합을 알리는 행보관의 헛기침에 모두의 시선이 쏠린다.

"에… 아침부터 오대기 비상이 걸려서 집합이 좀 늦게 되었지만, 오늘 너희한테 전달할 사항은 크게 세 가지다."

말을 하면서 행보관이 하나포 반장에게 살짝 눈짓을 한다. 그러자 고개를 끄덕이며 막사 앞으로 올라온 하나포 반장이 머쓱하게 등장한다.

"뺀질이… 가 아니지. 하나포 반장이 오늘을 기점으로 해서 브라보 포대로 전입을 하게 되었다."

"……!"

이건 듣도 보도 못한 소식이다.

처음 듣는 하나포 반장의 전출 소식에 모두가 놀라는 와중, 이도훈은 침착히 자신이 생각했던 일이 딱 들어맞았음을 깨닫는다.

물론 이도훈은 어렴풋이 짐작하고 있었다. 과거의 기억을 지니고 있는 이도훈이 아닌가. 하나포 반장은 자신이 일병을 달 무렵 브라보 포대로 전입을 가게 된다. 물론 구체적인 시기는 잘 기억이 나지 않았지만, 확실한 것은 김대한 병장이 전역을 하고 난 이후 포대를 이동했다는 점이다.

그리고 오늘, 작전과장이 하나포 반장에게 말한 마지막이라는 말에 주안점을 두면 그리 놀랄 일도 아니다.

'과연… 그게 오늘이었군.'

하나포 반장은 다른 병사들에게도, 오죽하면 하나포 인원에게도 이 사실을 말하지 않고 있었다.

갑작스런 이별 통보에 범진이 약간 이해가 안 된다는 듯이 하나포 반장에게 외친다.

"아니, 하나포 반장님! 왜 저희한테는 말씀 안 해주셨던 겁니까? 설마… 저희가 슬퍼하실 줄 알고……."

"미안. 사실은 까먹고 있었어."

"……."

그럼 그렇지.

괜히 뺀질이라 불리는 하나포 반장이 아니다. 저 표정을 보아 하니 진심으로 까먹고 있었나 보다.

하기야 얼마 전까지만 하더라도 월북자 일에 김대한의 전역까지 온갖 일을 겪었다. 전출 소식을 말할 틈새가 없었을 것이다.

"뭐, 다른 부대로 간다 해도 어차피 같은 대대 안이니까 영영 못 보는 것도 아니고, 섭섭하게 생각하진 말자. 알겠지?"

"…예, 알겠습니다."

하나포 반장이 너무 크게 신경 쓰지 말라는 듯이 한 말이지만, 그래도 하나포 분과 인원들로서는 섭섭한 감을 완전히 지울 수 없었다.

그래도 반년을 넘게 함께한 간부인데.

이런 식으로 제대로 이별 파티조차 해주지 못하고 떠나보내야 한다는 사실이 조금 마음에 걸린 것이다.

"자주 찾아가겠습니다, 하나포 반장님!"

"저도 잊지 않겠습니다!"

제1포대 병사들이 하나둘씩 목소리를 높여 제각각 이별 인사를 건넨다. 그러자 하나포 반장이 머쓱하게 웃으면서 말한다.

"그렇다고 탈영까진 하지 마라."

하나포 반장의 말에 모두가 함박웃음을 터뜨린다.

어쨌든 예상치 못한 하나포 반장의 전출 소식이었지만, 그래도 같은 대대 안에 있으니 언젠가는 다시 만날 수 있다.

그렇게 하나포 반장을 떠나보내게 된 이들에게 두 번째 소식이 전해진다.

"그리고 니들이 그토록 원하던 유격 일정이 잡혔다."

"원하지 않았습니다!"

"시끄럽다, 이 잡것들아! 여하튼 유격 준비 단단히 하도록! 알겠나?"

"…예, 알겠습니다."

어찌 보면 하나포 반장의 전출 소식보다도 더 암울한 소식을 접하게 된 병사들. 오늘 아침은 어떻게 된 것인지 반가운

전달 사항이 하나도 없는지 모르겠다.

그렇게 집합을 해산시키기 직전, 행보관이 이도훈을 따로 부른다.

"이도훈."

"일병 이도훈."

"너는 잠깐 포대장님하고 어디 갈 곳이 있으니까 준비하도록."

"…저… 오대기인데……."

"다른 사람한테 맡겨두고. 아무튼 준비해라. 전투복은 A급으로 입고."

"……?"

영문을 모르겠다는 표정을 지어 보이는 이도훈에게 행보관이 청천벽력 같은 소리를 들려준다.

"오늘이 사단장님 생신이라 하더라. 특별히 우리 포대장님하고 너도 데려오라고 연락이 왔으니 군말 말고 가서 얼굴이라도 비추고 와라. 알겠냐."

"……?"

아침부터 이도훈에게 있어서 너무나도 많은 시련이 방문하는 날이 아닐까 싶다.

A급 전투복을 입고 레토나 뒤에 탑승한 이도훈.

오대기임에도 불구하고 부대 밖으로 나가도 되나 싶어 재

차 선탑자인 포대장에게 확인을 해보지만, 잔뜩 긴장한 포대
장은 오히려 말을 더듬으며 애매모호한 답변만 내놓는다.

"사, 사단장님의 명이니까 괜찮을 게다! 부, 분명!"

"…예."

제1포대 포대장은 다 좋은데 이렇게 극히 긴장하게 되면
평소 보여주던 위엄 넘치는 모습은 온데간데없이 사라진다.

물론 그건 대대장도 마찬가지다.

바로 앞의 레토나를 타고 가는 대대장도 필히 긴장한 표정
으로 차를 타고 가는 중일 것이다.

물론 그렇다고 이도훈 역시 긴장을 안 하는 건 아니다.

"…미안해. 괜히 사단장님 때문에 너까지 오게 해서."

도훈과 마주 앉은 유리아가 자신의 머리카락을 쓸어내리
면서 솔직한 심정을 담아 사과한다. 본래는 간부들만 불려야
할 자리에 유일하게 사병으로 참가하게 된 도훈이 얼마나 많
은 심적 부담을 느끼는지 유리아도 잘 알 것이다.

특히나 사단장은 자신의 아버지가 아닌가.

사건의 주범이 유리아의 아버지라 그런지 더더욱 미안한
감정밖에 없다.

"괜찮습니다, 전포대장님. 오히려 저야말로 높으신 분들과
동석하게 되어서 더할 나위 없이 영광입니다."

"…넌 정말 대담하구나."

유리아가 나지막이 한숨을 내쉰다.

긍정적으로 받아들인다면 유리아로서는 기쁘긴 하지만, 그래도 저번 복어탕 가게에서처럼 사단장이 괜히 오해받을 발언을 내뱉으면 곤란하다.

왜냐하면 이번에 오게 될 인물 중에는 친척 한 분이 오기 때문이다.

더불어 유리아의 돌아가신 아버지의 큰형이기도 하다. 큰아버지라고 하면 될까.

물론 이 사실은 도훈도 모르는 정보다. 별은커녕 무궁화 세 개도 좀처럼 보기 힘든 사병인데, 어떻게 별들의 세계를 이해할 수 있겠는가.

도훈의 2년간의 기억도 도움이 되지 않는다. 불안감을 감출 수 없는 게 사실이지만, 도훈은 애써 평정심을 찾기 위해 평소처럼 행동할 뿐이다.

도훈이 소속되어 있는 123대대는 28사단에 포함되어 있는 부대다.

처음으로 방문해 보는 사단급 부대에 도훈은 눈이 휘둥그레졌다. 뭔가가 다르다. 야전포대와는 다른 뭔가의 고급스러움이 묻어 나온다.

마치 민가에서 생활하던 서민이 왕궁을 방문할 때의 기분이라고 할까.

어쨌든 레토나가 위병소를 통과하며 일정 장소에 주차를

한다.

그나마 같은 사병 자격으로 오게 된 제1포대 수송분과 상병 조연에게 말을 붙여보는 이도훈.

"조연 상병님, 평소 여기에 오신 적이 있습니까?"

"인마, 고작해야 포대장급 운전병밖에 안 되는 나도 여기에는 별로 온 적 없어. 그저 대대장님 운전병이 운전하는 레토나의 뒤만 보고 따라온 것일 뿐이지."

하긴 지극히 당연한 대답이기도 하다.

사단장을 만나러 올 기회도 별로 없을뿐더러 오히려 사단장이 대대로 방문하는 게 더 빠를지도 모른다는 생각을 품고 있을 무렵, 대대장과 포대장이 잔뜩 긴장한 표정으로 연대장에게 경례한다.

"태푸우웅!!"

"태풍."

무궁화 세 개의 출연에 무궁화 두 개와 다이아몬드 세 개가 목청을 높여 거수경례를 한다.

유리아 역시도 연대장에게 절도 있는 거수경례를 보내자, 연대장이 어색하게 웃으면서 유리아에게 말한다.

"사, 사단장님 생신 축하드린다고 꼭 전해주게."

"예, 알겠습니다."

유리아는 먼저 사단장과 만나기 위해 별도로 행동하기로 하고, 연대장과 대대장과 포대장, 그리고 이도훈 셋이서 사단장과 만날 장소로 향한다.

이들이 사단장과 만날 곳은 작은 회의실로, 대략 15~20명
정도가 원형으로 앉을 수 있게 되어 있는 공간이라 할 수 있
다.

의자도 원목으로 되어 있고 상당히 고급스러운 가구들로
배치되어 있는 장소이기도 하다.

문을 열고 들어서자 의자에 앉아 있던 사람 중 한 명이 유
독 눈에 들어온다.

다른 사람들은 고작해야 무궁화 계급이 전부다. 연대장과
같거나 아니면 그 아래 사람이지만 유독 한 사람만 연대장급
이상이 되는 계급을 지니고 있다.

그것은 또 다른 사단장!

"태, 태푸우우웅!!"

연대장이 잔뜩 언 표정으로 사단장에게 거수경례를 한다.
참고로 자리에 미리 와 있던 사단장은 19사단에서 사단장을
맡고 있는 사람으로, 28사단장을 맡고 있는 사단장과 동기라
고 할 수 있다.

"오랜만이네, 연대장. 잘 지냈나?"

"예! 덕분에 잘 지내고 있습니다!"

연대장이 잔뜩 언 표정으로 19사단 사단장에게 대답한다.

다른 무궁화 계급들도 19사단 사단장의 눈치를 슬금슬금
본다. 현재 참석한 사람 중에서 가장 계급이 높은 사람이기도

하며, 그 누구도 사단장의 말을 거역할 수 없다. 군단장이 온다면 또 모를까.

"난 녀석한테 축하한다는 말 다 전했으니 먼저 일어나마. 나 혼자 선임이면 너희도 불편하겠지."

"⋯⋯."

사단장이 자리에서 일어서자 19사단 소속 연대장과 대대장, 포대장도 줄지어 일어서며 뒤를 따른다.

역시 사단장이라고 할까. 순식간에 폭풍과 같은 시간이 흘러 지나간 것 같은 기분이 든 연대장은 식은땀을 흘리며 자신의 부하들에게 말한다.

"저쪽에 빈 의자 있으니까 앉아라."

"예."

대대장과 포대장, 그리고 유독 다른 장교들의 시선을 끌고 있는 인물 중 한 명인 이도훈에게 모두의 시선이 쏠린다.

19사단 사단장과 그 무리가 나가자마자 자리에 앉아 있던 대령 중 한 명이 목소리를 높인다.

"연대장, 저 사병은 왜 데리고 왔지?"

"아, 그게⋯⋯."

순간 말문이 막힌 연대장이 대대장을 힐끗 바라본다.

그러자 대대장이 흠칫 놀라며 연대장에게 귓속말로 이도훈을 데려온 이유를 설명해 준다.

사단장의 직접 초청이라는 말을 전달 받은 연대장이 자신보다 선배 격인 대령에게 보고한다.

"사, 사단장님께서 데려오라고 하셨습니다."

"아무리 사단장님의 말이라 해도 사병을, 그것도 고작 일 병밖에 안 된 놈을 이 자리에 데려오는 게 말이 되는가! 자네, 정신머리가 있는 거야, 없는 거야!"

"죄, 죄송합니다!"

연대장이 잔뜩 주눅이 든 표정으로 곧장 사죄한다.

같은 대령이라 하더라도 서로 말을 놓고 지내는 건 아니다. 군대는 어디까지 계급, 그리고 짬 순.

연대장 역시도 대령이긴 하지만, 의자에 앉아 있는 또 다른 대령에 비해서 기수가 낮다.

게다가 저 대령은 사단 내에서도 폭군대령이라 불리는 괴 팍한 성격을 지닌 자. 폭군대령은 곧장 연대장에게 역성을 내 며 목소리를 높인다.

"당장 데리고 나가지 않고 뭐하는가!"

"하지만……."

"지금 내 말이 말 같지 않은가!"

"……."

이도훈을 데려오라고 한 건 사단장의 명이다.

지금 저 폭군대령의 말을 따르는 건 말 그대로 사단장의 명 에 불복한다는 뜻이다.

그렇다고 폭군대령의 말이 틀린 것도 아니다. 실제로 사단장을 만나기 위해 찾아온 이들은 최소 포대장급이다. 친족인 유리아를 제외하면 전부 대위급 이상이라고 할 수 있다.

그런 자리에 간부도 아니고 사병인 일병 나부랭이가 한자리를 차지한 건 모순이다. 솔직히 연대장도, 그리고 대대장도 사단장의 특별 명령이 이해가 되질 않았다.

아무리 훈련소에서 수류탄 사건을 해결한 영웅이라 불린다 해도, 월북자를 잡는 데 지대한 공을 세운 병사라 해도 이런 자리에도 거리낌 없이 참석할 자격까지 갖추게 되는 것은 아니다.

게다가 폭군대령의 말을 거역하면 연대장으로서도 꽤나 난감하게 될 수도 있다.

자신보다 진급이 빠른 사람이 아닌가. 행여나 뒤탈이 생기면 안 되기에 어쩔 수 없이 연대장은 대대장에게 말해서 도훈을 돌려보내려고 마음먹는다.

그러나,

"죄송하지만 그 명령에는 따를 수 없습니다."

"아니……!"

폭군대령이 방금 자신의 말에 불복한 자를 어이없다는 시선으로 바라본다.

일병 이도훈.

고작 작대기 두 개를 달고 있는 일병 나부랭이가 폭군대령에게 반기를 든 것이다.

대한민국에 존재하는 사단은 총 40여 개. 그중에서도 한 자리를 차지하고 있는 유리아의 아버지이자 28사단 사단장은 어찌 보면 대단한 인물이라 할 수 있었다.

하지만 군대란 곳이 그렇듯 사단장보다도 높은 자는 얼마든지 존재한다.

"…도착했습니다."

"음."

레토나와는 차원이 다른 검은색의 고급스러워 보이는 차량을 타고 등장한 인물이 위병소를 통과해 차량에서 내린다.

그의 등장에 지나가던 모든 이가 사색을 하며 하늘이 뚫어져라 큰 목소리로 태풍을 외친다.

천천히 움직이는 그의 발걸음 하나하나에 실려 있는 위엄이란 실로 말로 다 표현할 수 없을 정도이다.

유리아의 아버지인 사단장도 나름 카리스마 있는 인물이라 불리지만, 지금 막 사단장이 소속되어 있는 부대에 등장한 이 남자에 비하면 새 발의 피다.

포병계의 살아 있는 전설이라 불리며 근무한 부대마다 새로운 기록을 남겨온 그는 오늘 생일을 맞이하게 된 28사단 사단장을 축하해 주기 위해 친히 모습을 드러냈다.

하지만 우연의 일치일까.

그가 만남의 장소에 들어서기 직전, 당돌한 사병의 목소리가 귓가에 먼저 맴돌기 시작한다.

"전 사단장님의 명령을 받고 당당히 이 자리에 참석했습니다. 제아무리 대령님의 명이라 해도 사단장님의 명보다 앞설 순 없습니다."

"호오!"

문밖에서 어떻게 돌아가는 상황인지 파악하기 위해 발걸음을 멈춘 그의 시선이 폭군이라 불리는 성질 더러운 대령을 상대로 주눅 들지 않고 자신의 입장을 명확히 표명한 일개 사병을 향해 시선을 꽂는다.

분명 다른 간부들과 달리 일반 사병일 뿐이다.

그것도 선임급이라 불리는 상병장급도 아닌 일병.

그러나 눈에 보이는 광채뿐이 아니라 전반적으로 뿜어져 나오는 아우라는 그가 보통 인물이 아니라는 사실을 시사한다.

수년간 군에서 보내온 그였기에 단박에 사람을 볼 줄 아는 능력 또한 가지고 있다.

"저 녀석, 제법이군."

아무리 사단장의 명을 받고 왔다 해도 일병이 대령에게 저렇게 자신의 입장을 대놓고 표명하기란 쉽지 않은 일이다.

그걸 아주 잘 알고 있는 그의 호기심을 자극하는 일병의 정체는 다름 아닌 이도훈.

한때 꼬장의 신이라 불리던 자이기도 하다.

"지, 지금 자네, 상관에게 대드는 건가?"

"말대답을 한 점에 대해서는 죄송스럽게 생각합니다. 하지만 군대란 자고로 상관의 명령에 절대 복종하는 곳 아닙니까. 사단장님의 명령을 거스를 수는 없습니다."

"이 녀석이!!"

폭군대령이 고래고래 소리침에 따라 연대장과 대대장, 그리고 포대장의 얼굴은 더욱 사색이 되어간다.

하지만 도훈은 절대로 꿀리지 않는 눈빛이다.

남자가 칼을 뽑았으면 무라도 썰어야 하지 않겠는가!

정당한 사유가 있으면 절대로 물러서지 않는 게 바로 남자 이도훈이다.

사나이 정신! 비록 지금 당장은 폭군대령에게 못 볼 꼴을 보이게 될지도 모르지만, 도훈은 자신이 맡은 바 입장을 명확하게 지켜야 한다.

만약 자신이 이대로 물러서면 사단장을 욕 먹이는 꼴이 되기도 한다.

결코 물러설 수 없는 자존심 싸움 속에서 문을 열고 등장한 의외의 구세주가 끼어든다.

"그만! 거기까지."

"……!"

모두의 시선이 제3자에게 꽂히자, 즉각적으로 헛기침을 하기 시작한다.

특히나 폭군대령은 귀신이라도 본 듯한 표정으로 경직되고 만다.

"이 좋은 날에 싸움이라니, 자네들은 아직도 젊구만."

남자의 말에 대대장이 새파랗게 질린 얼굴로 말을 더듬는다.

"구, 군단장님?!"

대한민국에 열 개도 안 되는 군단을 거느리고 있는 존재, 그리고 사단장보다도 높은 자.

소위 말해서 쓰리스타라 불리는 중장이자 군단장인 그가 회의장에 강림하는 순간이다.

별 세 개의 강림에 순간 모두의 행동이 정지된다. 심지어 호흡마저 정지될 뻔했다.

포대장은 기절 직전이고, 대대장은 간신히 정신을 차리고 있다.

간부들조차 설마 군단장이 이곳에 모습을 드러낼 줄은 몰랐기에 숨이 턱 막힌 채로 그 자리에서 벌떡 일어선다.

그와 동시에 퍼지는 우렁찬 구호 소리.

"구, 군단장님 오셨습니까?!"

폭군대령이 당황한 나머지 말을 더듬으며 황급히 6군단장에게 다가간다.

그러자 군단장이 고개를 끄덕이며 폭군대령에게 말하길,

"고작 일병과 말싸움을 하고 있다니 좀 추하구만, 자네."

"그, 그렇지만 일개 사병이……."

"방금 저 일병이 말하지 않았나? 군인은 상관의 명령에 절대 복종한다. 육군복무신조에도 나오는 내용인데 대령 계급장을 달고 있는 자네가 그 상관의 명령에 불복하겠다는 건가?"

"……."

"아니면 자네, 나의 명령에도 불복종하겠다는 뜻은 아니겠지?"

"처, 천만의 말씀입니다! 제, 제가 그럴 리가 없지 않습니까?!"

폭군대령은 지금 당장에라도 쥐구멍이 있다면 들어가고 싶은 심정이다.

반면, 도훈으로서는 의외의 상황 전개에 필사적으로 머리를 굴릴 수밖에 없다.

군대 마스터인 이도훈도 솔직히 말해서 쓰리스타는 본 적이 없다. 세상에, 군단장이라니. 군단장을 직접 마주 볼 수 있는 사병이 얼마나 될까. 군 생활에서 군단장의 모습을 구경도 못하고 전역하는 이가 수두룩한데, 이도훈은 일병을 달자마자 군단장과 직접 마주치게 된 것이다.

터벅터벅.

큰 발걸음으로 도훈에게 다가간 군단장.

연세가 있음에도 불구하고 도훈 못지않은 거대한 체격을

지니고 있다. 아마 철수와 비슷할지도 모른다.

현재 6군단 군단장을 맡고 있는 이자는 나이가 들었음에도 평소 운동을 꾸준히 한다. 스스로의 힘으로 군단장까지 오른 이였기에 존경받는 인물 상위권에 속해 있으며, 부하들에게도 때로는 엄하게, 그리고 때로는 자비로운 태도로 유연하게 부대를 이끌어가기로 소문난 인물이기도 하다.

그런 그가 도훈의 앞에 마주 선다.

"자네, 이름이 뭐지?"

"일병 이도훈입니다!"

"흠. 이도훈이라……. 가만."

뭔가를 곰곰이 생각하던 군단장이 이제야 떠올랐다는 듯이 말한다.

"28사단 신병교육대에서 수류탄 사건을 막았던 그 청년이 아닌가?"

"예, 맞습니다!"

"허허, 이런 젊은 영웅을 여기서 보게 될 줄이야."

군단장이 매우 흥미롭다는 시선을 띨 무렵, 틈을 노려 재빠르게 대대장이 끼어든다.

"뿌, 뿐만 아니라 이번 월북자 체포 사건에서도 지대한 공을 세우기도 했습니다. 이번에 전역한 김대한 병장과 함께 월북자를 잡은 이가 바로 이도훈 일병입니다."

"오호라!"

군단장의 눈이 더욱 빛난다.

사실상 월북자를 잡은 사실은 매우 큰 공이라 할 수 있다. 웬만해선 특진도 가능하며, 사단장 표창 이상의 보상을 받을 수 있을 정도로 뛰어난 공적이라 말해도 부족하지 않을 것이다.

군단장도 이번 월북자 체포 사건에 대해서는 익히 잘 들어 알고 있다. 하지만 김대한이라는 인물 한 명만 알고 있지 곁에서 월북자를 체포한 또 다른 인물에 대해서는 알지 못했다.

그 인물이 바로 이도훈이라는 사실을 알게 된 군단장이 도훈을 상당히 흥미롭다는 듯이 바라보고 있을 무렵, 문을 열고 등장한 이번 모임의 주역이 목소리를 높인다.

"아니, 형님 아니십니까!"

"늦었군, 동생. 기다리다 지칠 뻔했어."

"하하! 형님께서 벌써부터 기력이 쇠하시기라도 하셨습니까!"

유리아의 아버지인 사단장이 군단장과 마주 악수를 나누며 말한다.

친형제는 아니지만 친척임에는 틀림없기에 이렇게 서로 사석에서는 스스럼없이 대한다.

뒤이어 거수경례를 하는 유리아의 모습을 본 군단장이 탄성을 자아내며 다가간다.

"오오! 유리아, 많이 컸구나."

군단장의 커다란 손이 유리아의 작은 머리를 쓰다듬어 주기 시작한다. 중학생 때 이후 처음 만나보는 유리아의 모습에 군단장의 눈시울이 살짝 붉어진다.

사고로 목숨을 잃은 남동생이 남겨둔 유일한 핏줄. 평소 형제애가 깊은 군단장이기에 유리아의 친아버지에 대한 소식을 들었을 때는 하늘이 무너지는 줄 알았다.

그러나 이렇게 어엿한 숙녀로 큰 유리아의 모습에 군단장의 입가에 미소가 걸린다.

"오랜만입니다, 군단장님."

"건강해 보이니 다행이구나."

사실 유리아가 입대 지원을 할 때 군단장은 심히 반대를 했다. 무엇보다도 군대에 대해 오랫동안 몸을 바쳐온 그였기에 여성으로서 얼마나 버티기 힘든지 잘 알고 있다.

하지만 유리아는 이렇게 당당히 임관을 하게 되었고, 지금은 어엿한 일개 포대의 전포대장으로 일하고 있다.

게다가 유리아의 밑에는 이도훈이라는 걸출한 병사가 존재하지 않는가.

"포대장."

"대, 대위 윤태훈!!"

"유리아는 전포대장으로서 역할을 잘 수행하고 있는가?"

"너, 너무 잘해서 탈일 정도입니다!"

바들바들 떨리는 다리를 간신히 진정시킨 제1포대 포대장이 힘겹게 말한다. 꼴사나운 모습에 대대장과 연대장이 포대장을 한심하다는 듯이 바라보지만, 아마 자신들도 군단장에게 저런 직접적인 질문을 받게 된다면 똑같은 꼴이 되리라 믿어 의심치 않는다.

간부들도 벌벌 떠는 군단장 앞에서 유일하게 평정심을 유지하고 있는 인물은 사단장과 유리아, 그리고 이도훈이 유일했다.

"이도훈이라……."

도훈을 다시 한 번 슬쩍 바라본 군단장이 의미 모를 웃음을 지으며 말한다.

"기억해 두고 있겠네."

그리고 그 발언으로 인해 123대대에 또 한바탕 폭풍이 몰아질 것이리라 생각한 이는 이때 당시에는 아무도 없었다.

모두가 돌아가고 난 이후.

"형님, 어떻습니까."

사단장실에 남아 있던 군단장이 사단장의 말에 고개를 끄덕이며 대답한다.

"듣던 바로 흥미있는 녀석이로구나."

"저도 그렇게 생각합니다. 요즘 젊은이치고는 뭐랄까, 기개가 느껴지지 않습니까? 게다가 유리아가 좋아하는 녀석이기도 합니다."

"뭐? 우리 유리아가 좋아하는 남자라고?!"

군단장이 테이블을 손바닥으로 내려치며 우렁찬 목소리로 외친다.

"감히 어디서 굴러들어 온 말 뼈다귀 같은 녀석이 내 소중한 리아를 데려가겠다는 거냐!"

"…형님, 리아는 제 딸입니다만."

"…어흠. 그렇지."

아들만 셋이기에 유리아가 한없이 귀엽고 애교 덩어리로 보일 수밖에 없는 군단장이다. 하물며 자신의 동생이 남기고 간 마지막 핏줄이 아닌가. 사단장에 비해 더하면 더했지 덜하지 않으며 유리아를 아끼는 마음은 이미 부모의 자식 사랑 이상이다.

유리아가 좋아하는 남자가 이도훈이라는 사실에 군단장이 다시 냉정히 생각을 가다듬기 시작한다.

"확실히 좀처럼 볼 수 없는 인재이기도 하지."

일병 시절에도 그만한 공적을 세운 이가 드물다. 개다가 군단장이 직접 만나본 결과 꽤나 이도훈에 마음에 든 모양인가 보다.

하지만 도훈의 활약상을 직접 두 눈으로 본 적이 없는 군단장으로서는 그게 유일하게 아쉬운 점이다.

"가만있어 보자……."

잠시 골똘히 생각하던 군단장이 사단장에게 무언가 한 가지 사실을 확인하기 위해 묻는다.

"그러고 보니 123대대가 사단 대표로 오대기 검열을 받는다고 하지 않았나?"

"예, 그렇습니다."

"오대기 명단 좀 줘보게."

"무슨 일 있으십니까, 형님?"

"내 잠시 확인해 볼 게 있어서 그래."

"알겠습니다."

곧장 어디론가 전화 연결을 한 사단장의 통화가 끝나자마자 부리나케 달려온 대위 한 명이 노크 소리와 함께 등장하며 종이를 내민다.

종이를 받아 든 군단장의 얼굴에 일이 매우 잘 진행되어 감을 느끼는 미소가 번진다.

"바로 이거로군."

"형님, 좋은 생각이라도 떠오르신 겁니까?"

"넌 보면 알 거야."

군단장의 머릿속에는 이미 모든 시나리오가 짜여 있었다.

그리고 다음 날 아침.

"오대기 비사아앙!!"

"이 씨발 좆같은 오대기는 또 왜 지랄이야!"

이도훈이 욕지거리를 내뱉으며 오늘도 역시 아침을 먹자

마자 전력질주로 막사를 향해 뛰어간다.

먼저 뛰어가는 도훈의 뒤에서 철수가 '힘내라, 오대기!' 라며 약 올리는 듯한 말을 내뱉는다. 다음 주 오대기는 철수인 관계로 그때 무지막지하게 놀려 주리라 다짐한 도훈이 이번에도 가장 먼저 생활관에 도착해서 단독군장을 챙긴다.

"빨리빨리! 허리 업!"

오늘 당직을 맡게 된 재수가 총기보관함을 열며 오대기를 재촉한다.

오대기 소대장은 하나포 반장의 전출로 인해 삼포반장이 대신 맡게 되었다.

"하나포 반장, 이 씨발 놈! 가는 순간까지 민폐 덩어리냐?!"

삼포반장이 걸쭉한 욕지거리를 내뱉으며 이대팔이 끌고 온 5톤 트럭에 오른다.

"다 탔냐, 새끼들아?"

"예, 다 탔습니다!"

"좋아, 출발해라!"

삼포반장의 출발 신호에 이대팔이 과감하게 차를 몰기 시작한다.

부아아아아앙!!

5톤의 육중한 소리와 함께 대대 상황실까지 그대로 질주한다. 그래 봤자 5톤 트럭이기에 그다지 속도감은 느껴지지 않는다.

황급히 5톤 트럭에서 하차한 이들에게 작전과장이 상황 지시를 하달한다.

"위병소에 적 거수자 출현."

"거수자 출현!"

복명복창한 병사들이 삼포반장의 지휘 아래 행동에 임하기 시작한다.

거수자는 총 두 명으로 설정되어 있으며, 삼포반장의 지시로 두 팀으로 나눠 행동한다. 암구호와 거수자 생포 등이 끝나며 상황이 마무리되자 작전과장이 미리 준비해 둔 초시계를 누른다.

"20분이라……."

오대기 비상 사이렌을 울린 시점부터 기록을 측정하고 있던 작전과장의 미간이 찡그려지기 시작한다.

"삼포반장, 잠깐 이리 와봐."

"예!"

황급히 작전과장에게 다가간 삼포반장을 보며 이대팔이 도훈에게 말한다.

"보나마나 우리의 행동이 너무 느리다고 잔소리를 늘어놓겠지."

"그러게 말입니다."

이대팔이 똥배를 쓰다듬으며 한숨을 내뱉는다. 하필이면

사단 대표로 오대기 검열을 받을 때 자신이 오대기 운전병이
라니.

물론 이대팔을 포함해서 전원이 다 그런 생각을 품고 있다.
재수 옴 붙은 격이라는 말이 이때 적용되는 거 아닌가 싶을
정도이다.

하지만 위기는 곧 기회라 하지 않는가.

이도훈은 저번 수류탄 사건과 월북자 사건 등 위기를 기회
로 만들 수 있다는 말을 실천에 옮긴 적이 몇 번 있다. 분명
검열은 위기일지 모르지만, 만약 검열을 잘 받게 되어 성적이
좋다면 포상휴가가 떨어질 수도 있다.

그렇다고 위기가 기회로 100% 환산된다는 보장도 없다.

자신의 행동과 처신에 따라 모든 게 달라지게 마련이니까
말이다.

한참 작전과장과 대화를 나누던 삼포반장의 표정이 점점
사색이 되어간다.

"삼포반장님, 작전과장님한테 많이 혼나시나 보다."

"그러게 말입니다."

이대팔이 걱정스러운 눈빛으로 삼포반장을 바라본다. 내
리갈굼이라는 말이 있지 않은가. 삼포반장의 표정이 곧 오대
기 인원의 표정이 될지도 모른다는 불안감에 이들도 편히 쉬
지 못하는 중이다.

이제야 작전과장과의 대화가 끝났는지 힘없는 발걸음으로

돌아온 삼포반장이 오대기 인원을 모은다.

"너희에게 안 좋은 소식과 더 안 좋은 소식이 있다. 어느 것부터 먼저 들을래?"

"…전부 다 안 좋은 소리밖에 없는 겁니까?"

황당하다는 얼굴로 묻는 이대팔이지만, 삼포반장은 대팔이의 말이 들리지 않는지 알아서 전달 사항을 들려준다.

"우선 안 좋은 소식이다. 오대기 검열 일정이 바로 내일모레로 잡혔다. 시간은 불시. 알겠냐?"

"……?"

드디어 올 것이 왔다. 이틀 뒤가 검열이라는 말에 모두가 식겁한 표정을 지어 보인다.

하지만 문제는 안 좋은 소식보다 더 안 좋은 소식이 남아 있다는 것이다.

"삼포반장님, 그럼 더 안 좋은 소식이라는 것은……."

불안한 감정을 억누르지 못하는 이대팔의 떨리는 목소리에 삼포반장이 듣고 기절하지 말라고 경고한다.

"그리고 노약자나 심장에 약한 사람은 안 듣는 걸 추천한다."

"삼포반장님, 그런 사람은 입대조차 하지 못합니다."

"어이쿠, 그렇지."

헛기침으로 재차 목소리를 가다듬은 삼포반장이 잘 들으라는 듯이 내뱉은 말은,

"이번 검열은… 군단장님이 직접 하신다고 한다."

"……!!"

군 생활의 재앙을 선언하는 말과도 같다.

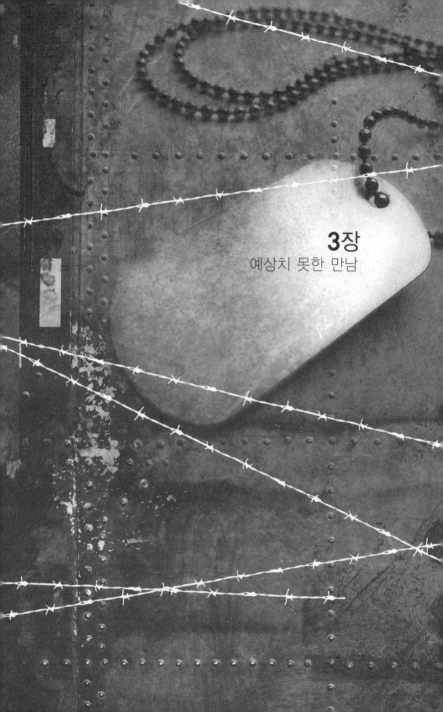

3장
예상치 못한 만남

5분 대기조.

비상 상황이 걸렸을 때 5분 내로 출동해야 한다는 이유 때문에 붙여진 별칭이 오분대기조, 줄여서 오대기라 불린다.

그 오대기를 맡게 된 이도훈. 본래는 오대기란 따로 지정된 인원 없이 각 분과별로 로테이션으로 하게 마련이다.

이번에는 재수가 없게도 걸린 도훈이었으나, 더 재수가 없게 군단장의 검열이라는 시련까지 겹치게 되었다.

"우리는 군 생활 최대의 위기를 맞이하게 되었다."

오대기를 소집한 건 다름 아닌 대대장.

도훈이 123대대에 처음 전입하게 된 순간부터 대대장에게는 진급 시험이 걸려 있는 시즌이라 그런지 유독 이런 검열을 자주 받았다.

하지만 이번 검열의 강도는 상당히 세다.

군단장이 직접 검열을 하겠다니. 그 소식을 접한 대대장은 한동안 머리에서 피어오르는 두통 때문에 잠시 요양을 갈까 생각도 했지만, 그건 말도 안 되는 소리였기에 일단 대대의 참모부를 전부 소집했다.

그중에서도 이번 검열에 가장 큰 핵심이 될 만한 5대기 인원 역시도 소집하는 것을 잊지 않았다.

"이번 사단 대표로 받게 되는 오대기 검열에서 제대로 된 성적을 거두지 못한다면……."

대대장이 목소리를 깔고서 이들에게 말한다.

"너희의 군 생활은 끝났다고 보는 게 좋을 것이다."

꿀꺽!

마른침을 삼키는 인원들. 작전과장을 포함해서 제1포대 포대장, 그리고 오대기 인원과 오대기 소대장을 맡고 있는 삼포 반장 역시도 죽을 맛이라는 표정을 하고 있다.

왜 하필이면 이런 시련을 겪게 된 것인가.

하늘이 원망스러울 정도겠지만, 운명은 이미 정해진 수순이다.

대대장이 지휘봉을 세우며 화이트보드 판을 가리킨다.

"오대기 검열은 내일모레, 시간은 불시, 그리고 주어지는 상황 역시도 불시. 즉 어떠한 상황이 펼쳐질지 모른다."

말 그대로 최악의 상황.

대대장이 연대장의 힘을 빌려 상급 부대 참모들에게서 어떻게든 정보를 빼오려 했지만, 이번 검열은 군단장이 직접 하기에 연대장의 힘으로도 군단급까지 뻗치지는 못했다.

그나마 하나 건진 정보에 의하면,

"군단장님께서 직접 오셔서 상황을 부여한다고 하신다."

"…최악이다."

건진 정보 하나가 최악의 소식이라는 점 빼고는 별로 달라진 게 없었다.

"내일모레부터 오대기는 최대한 막사 주변을 떠나지 말도록. 알겠나?"

"질문 있습니다, 대대장님!"

손을 번쩍 든 삼포반장의 말에 대대장이 고개를 끄덕이며 말한다.

"말해보도록."

"그 밖에 다른 전략은… 없는 겁니까?"

고작해야 막사 주변에 머무르라는 작전 하나만 제시한 대대장의 지시가 너무나도 허술하다고 느낀 삼포반장의 질문이다. 물론 다른 이들도 삼포반장과 같은 심정이다.

즉, 작전은 없다시피 하다는 뜻 아닌가.

"삼포반장, 자네도 들어서 알겠지만 이번 검열은 불시, 부여되는 상황도 알 수 없다. 알고 있나?"

"예, 알고 있습니다만……."

"그렇다면 우리가 할 건 하나밖에 없다. 기본에 충실하고, 그리고 즉흥적으로!"

"즉흥적!!"

"그렇다! 자네들이 선보일 수 있는 최고의 상태를 보여주게. 우리는 대대 전원이 전력으로 오대기를 서포트하겠다. 오대기 인원은 각자의 위치에서 최선을 다하도록. 알겠나?"

"예, 알겠습니다!"

제1포대의 포대 전술훈련 때 상당히 뛰어난 전술을 보여준 대대장이지만, 솔직히 이번 오대기 검열에서는 손을 쓸 수 없었다.

군단급으로 사전 정보를 차단하고 있는데, 대대장이 그 이상 어떠한 손을 쓰겠는가.

"이번에 검열 받은 성적이 좋다면 내가 특별히 너희에게 포상휴가를 주마!"

"……!"

대대장의 특별 선언에 오대기 인원 전원의 눈동자가 순식간에 뒤집힌다.

사병의 사기를 극도로 높이는 선물, 이름하야 포상휴가!

"모두들 할 수 있겠는가?!"

"영혼을 바쳐 해내겠습니다!"

"전 원래부터 오대기를 하기 위해 태어난 남자입니다! 충분히 할 수 있습니다!"

"검열 따윈 작살을 내버리겠습니다!"

"오대기 파이팅!!"

모두의 사기가 하늘을 찌르기 시작한다. 도훈도 포상휴가가 걸려 있다는 사실을 접하게 되자 갑작스레 의욕이 불타오르기 시작한다.

포상휴가가 많으면 많을수록 전역 일자가 빨라진다.

얼마 전, 걸그룹 공연 관람권을 걸고 펼친 전투 축구에서 포상휴가에 대한 가치를 깨달은 도훈이기에 이번에도 놓칠 수 없는 기회라고 생각하며 신중을 기해 포상휴가를 따내기 위한 최선의 전략을 짜기 시작한다.

한편.

"이제야 겨우 훈련소에서 나갈 수 있겠군."

하사 계급장을 단 인물이 뜨거워진 여름의 태양을 온몸으로 맞이하며 중얼거린다.

그동안 하사 계급장을 달기 위해 간부 훈련을 받으며 고생한 생각을 하니 고작 하사 계급장 하나일 뿐이지만 이것도 쉽사리 다룰 수가 없다는 생각을 하게 된다.

그리고 이번 훈련을 통해서 남자는 이런 생각을 했다.

자신은 역시 군인 체질이라는 사실을.

"처음부터 애초에 장래를 이쪽으로 했으면 좋았을 텐데."

입대하기 전에 처음부터 직업군인을 꿈꿨으면 잘하면 육사도 노렸을 수도 있다.

어려운 가정 형편이긴 하지만 남자는 머리가 좋은 편이다. TV에 자주 나오는 성공신화 이야기처럼 집안이 가난하지만 틈틈이 시간 날 때마다 학업에 대한 욕심을 포기하지 못해 계속 공부를 해온 습관이 있어 우리나라에서 들어가기 힘든 육사라 해도 남자라면 어렵지 않게 들어갈 수 있었을 것이다.

하지만 들어간다 해도 문제는 그놈의 돈이다.

육사에 들어가는 데 필요한 시간을 생각해 보면 오히려 이렇게 군 생활을 하면서 전문하사 지원을 한 게 다행일지도 모른다. 당장 돈을 벌 수 있으니 말이다.

"이제부터가 새로운 시작이다."

남자의 표정이 다부진 결심으로 번지기 시작한다.

드디어 훈련소를 벗어나기 시작한 남자가 또 다른 출발선상에서 천천히 발걸음을 떼기 시작한다.

시간은 흐르고 흘러 드디어 오대기 검열 날이 다가왔다.

"……."

아침부터 긴장을 타고 있는 오대기 인원. 운이 좋은 것인지 아니면 나쁜 것인지 모르겠지만, 사단 대표 오대기 검열이라는 거대한 시련을 앞두고 있는 오대기 인원은 행보관의 작업

지옥에서 처음부터 제외되어 생활관에 대기 중이다.

그렇다고 생활관 내에서 마냥 쉬고 있다는 의미가 아니다.

오대기 행동강령이 적혀 있는 군용수첩을 뚫어져라 바라보며 행여나 군단장이 물어볼세라 암기, 또 암기한다.

"이도훈, 오늘의 암구호는?"

삼포반장의 질문에 도훈이 착실히 대답한다.

"일병 이도훈, 오늘의 암구호는 다리, 기상청! 이상입니다!"

"다리, 기상청이라……."

삼포반장도 혹시나 암구호를 까먹을지 몰라 손등에 적어놓는다.

간부가 암구호를 손등에 적을 정도면 어지간히 이번 검열에 신경을 많이 쓰고 있다는 증거일지도 모른다.

"이제 기다리기만 하면 된다!"

삼포반장의 말과 함께 오대기 인원 역시도 긴장감 어린 표정으로 시간을 보낸다.

오전은 그렇게 오대기 행동강령 암기로 시간을 보냈다.

오후는 그렇게 약간 지루한 감정으로 시간을 보냈다.

그리고 저녁은 그렇게 의아한 감정으로 시간을 보냈다.

이미 개인 정비 시간까지 다가온 상황에서 삼포반장이 이상하다는 듯이 혼잣말을 중얼거린다.

"왜… 안 오지?"

이미 시간은 8시를 향해 가고 있다.

그럼에도 불구하고 아직까지 검열이 왔다는 소리는 없다. 수상한 생각이 든 삼포반장이 잠깐 확인해 보겠다는 말을 남기며 행정반으로 향하는데,

"왜 안 오는 거지?"

삼포반장이 했던 말을 똑같이 읊는 제1포대장이다. 포대장의 말을 통해 아직까지 대대 상황실에서도 별다른 소식이 전해지지 않았다는 사실을 눈치챈 삼포반장이 혹시나 몰라 역시나 마찬가지로 행정반에서 대기 중인 행보관에게 묻는다.

"저기… 행보관님, 검열은 아직입니까?"

"그래, 이 잡것아. 감감무소식이다. 혹시나 몰라서 일단 내 동기 녀석에게 확인을 다시 한 번 해봤는데……."

제1포대 행보관 계급은 원사다. 게다가 군 생활만 근 28년 가까이 해오고 있는 인물이기에 군대라는 조직 내에서는 광범위한 인맥을 자랑하고 있기도 하다.

특별히 행보관의 인맥을 발휘해 군단급 상급 부대에서 일하고 있는 동기에게 소식을 물어봤지만 군단장은 이미 퇴근한 지 오래라고 한다.

"이상하네."

삼포반장은 아무리 생각해도 이해가 안 됐다.

퇴근이라니? 설마 군단장이 오늘 오대기 검열이라는 것을 잊은 건 아닐까?

하지만 군단장이 그럴 일은 없다. 자기관리에 철저한 인물로 알려져 있는 남자인데 설마 오대기 검열을 까먹고 있을까. 게다가 포대 전술훈련 급의 사소한 훈련도 아닌 사단 대표 오대기 검열이다. 사단급 검열을 잊고 있다면 말이 되지 않는다.

"여하튼 일단 들려온 정보는 대략 그렇다. 혹시 모르니까 다른 애들한테는 말해주지 말고."

행보관이 신신당부를 한다. 행여나 오대기 인원에게 방심을 유도할 수 있는 발언 같은 건 미리 싹을 제거하기 위한 대처였다.

"예, 알겠습니다."

삼포반장이 거수경례를 하며 행정반에서 나간다.

하지만 이 사실을 몰래 듣고 있는 존재가 있었으니.

'흐음.'

고개를 끄덕이며 정보 입수에 성공한 앨리스가 재빨리 생활관 문을 그대로 통과해 이도훈의 곁에 앉으며 전음을 보낸다.

─그… 군단장이라는 아저씨는 퇴근했다는데?

'퇴근이라고?'

─응. 방금 저 아저씨하고 뚱뚱보 아저씨가 하는 말을 들어보니 그랬어.

'퇴근이라…….'

아무리 생각해도 이상하다.

왜 갑자기 퇴근이라니?

퇴근을 했다면…….

'퇴근이라면…….'

곰곰이 생각에 잠긴 도훈의 머릿속에 한 가지 생각이 뇌리를 스친다.

'군단장의 행적을 쫓을 수가 없다!'

퇴근을 했다면 군단장의 현재 위치를 알 수 없지 않은가! 그렇다고 자택에 전화해서 군단장이 들어왔는지 확인할 수도 없고 말이다.

"설마… 이게 군단장이 노리는 것인가?"

시간도 불시, 상황도 알 수 없음.

말 그대로 불시다. 오늘 하루가 지나기에는 아직 세 시간이라는 여유가 남아 있다.

"오대기는 아직 끝나지 않았다!"

도훈의 외침과 동시에 울려 퍼지는 오대기 비상 사이렌!

"오대기 비상!!"

"오대기 비사아앙!!"

막사 내부에, 아니, 대대 전역에 오대기 비상이라는 소리가 울려 퍼지기 시작한다.

잠시 방심하고 있었는지 담배를 피우던 오대기 인원도, 전화를 하고 있던 오대기 인원도 황급히 막사 내부로 뛰어들어오기 시작한다.

"이도훈!!"

기다리고 있었다는 듯이 철수가 도훈의 관물대에 있던 단독군장을 던진다.

그대로 낚아챈 도훈이 빠르게 단독군장을 착용하는 와중에 한수가 뛰어가 도훈의 방탄모를 들고 머리에 씌워준다.

뒤이어 범진이 생활관 문을 벌컥 열고 고정시켜 놓는다.

"당직! 총기보관함 오픈!"

"하고 있어, 이놈아!"

범진의 외침에 최수민이 재촉하지 말라는 듯이 다급하게 총기보관함을 열기 시작한다.

순식간에 단독군장과 방탄모를 착용한 오대기 인원이 차례로 행정반 안으로 뛰어들어간다.

도훈이 이대팔의 총까지 대신 들고 막사 밖으로 나오자, 5톤 트럭을 막사 앞에 주차시킨 이대팔이 운전석 바깥으로 팔을 뻗는다.

"도훈아, 총!"

"여기 있습니다!"

두꺼운 지방 덩어리로 이뤄진 이대팔의 오른손에 도훈이 건넨 총이 들린다.

재빨리 총을 받아 든 이대팔. 그와 동시에 빠른 속도로 5톤 트럭 위로 탑승하기 시작한 오대기 인원이 긴장한 표정으로 사주 경계에 임한다.

오대기 인원이 탑승을 완료했다는 사실을 직접 두 눈으로 확인한 삼포반장이 빠르게 선탑자 자리에 탑승한다.

"전속력으로 마구 밟아라!"

"옛썰!"

삼포반장의 지시에 이대팔이 거침없이 액셀을 밟는다.

드디어 시작된 사단 대표 오대기 검열.

이들의 앞에 기다리고 있는 것은 포상휴가일지, 아니면 끔찍한 군 생활일지…….

오대기 트럭을 타고 도착한 대대 상황실 앞.

작전과장이 아닌 대대장이 직접 이들에게 상황 지시를 내린다.

"위병소 앞 거수자 출현!"

"거수자라면……."

삼포반장이 혹시나 하는 생각으로 대대장에게 묻자, 최악이라 할 수 있는 답변이 들려온다.

"구, 군단장님이시다!"

"군단장님이 거수자 역할인 겁니까?"

"몰라, 인마! 빨리 출동이나 해!"

대대장도 머릿속이 복잡하기는 마찬가지다.

과연 이게 검열일까? 분명 상급 부대에서 연락이 온 바로는 군단장은 퇴근했다고 들었다. 그럼 검열은 끝난 거 아닌가?

하지만 다른 무엇도 아니고 사단 대표 오대기 검열이다. 검열을 없던 걸로 하진 않을 것이다. 그렇다면 군단장이 일부러 퇴근을 하는 척하고 오대기 비상이 걸릴 만한 상황을 연출도 아닌 실제로 연기하고 있다?

후자가 제일 가능성이 있지만, 대대장으로서는 가장 상상하고 싶지 않은 가능성이기도 하다.

한편, 이도훈은 다른 이유로 고민하고 있었다.

도훈은 벌써부터 군단장이 이번 오대기 상황을 의도적으로 걸었다는 가정을 두고 있다.

'필히 이건 시험이다.'

이미 후자로 상황을 인식했기에 선택지의 폭을 좁힐 수 있었다.

연병장 한쪽에 주차되어 있는 레토나를 지나친 오대기 인원은 빠르게 위병소로 돌진한다. 그와 동시에 각자 자리를 잡는 데까지는 성공했지만,

"태, 태풍!"

대대장이 군단장을 향해 거수경례를 한다.

군복을 입고 있지는 않았지만 확실히 군단장이다. 얼마 전에 본 인물을 잊을 리가 없지 않은가.

하지만 대대장의 거수경례에도 불구하고 군단장은 오히려

목청을 높인다.

"내가 누구인 줄 알고 거수경례를 하는가, 대대장?!"

"그, 그렇지만 군단장님……."

"난 거수다! 자네는 낯선 거수자에게 거수경례를 하는
가?"

"죄, 죄송합니다!"

반사적으로 대대장이 뒤로 물러선다.

확실히 군단장의 말이 맞다. 군복을 입고 있기에 외형적으
로 신분을 제시할 수는 없다. 물론 군단장의 실물을 알고 있
는 사람은 저 사람이 군단장이라는 점을 단박에 알 수 있겠지
만, 군단장의 얼굴을 아는 이는 대대장과 이도훈밖에 없다.
실제로 일개 사병이 군단장의 얼굴을 알 리가 없지 않은가.

삼포반장조차 군단장을 실제로 본 적이 없기에 사병과 마
찬가지의 기분을 가질 수밖에 없다.

그저 방금 대대장이 군단장이라고 말했기에 알아차렸을
뿐이지, 만약 대대장이 이 자리에 없었다면 저 사람이 군단장
인지도 몰랐을 것이다.

하지만 지금은 그게 문제가 아니다.

'상황이 더 복잡해졌어!'

군단장이 직접 상황을 걸었기에 오히려 오대기 검열이 더
욱 난항을 겪게 된 것이다.

차라리 군단장이라는 하늘의 별과 같은 존재가 아닌, 일개

사병이 인민군으로 등장해 요리조리 도망 다니는 시추에이션이 오히려 이들에게 더 도움이 될지도 모른다는 생각이 들 정도이다.

분명 지금은 오대기 실제 상황이다. 하지만 상대방은 군단장이다.

오대기로서 군단장을 진짜로 거수자 취급을 해야 좋을지, 아니면 군단장님에 대한 대우를 어느 정도 해줘야 좋을지 판단이 안 서는 것이다.

명령을 내려야 할 대대장조차 어찌해야 좋을지 갈팡질팡하는 와중인데 그 밑에 있는 병사들은 어떨까.

"젠장!"

이도훈 역시도 이럴 때는 판단이 안 선다.

과거의 기억을 뒤져봐도 이런 경우는 없었다. 이미 인과율수치가 10을 넘어선 것이 아닐까 하는 생각도 해본다.

누가 일부러 인과율 수치를 높이지 않은 이상, 이런 일이 벌어질 수는 없다. 물론 체서한테 물어봐야 알겠지만 아무리 생각해도 이상하다.

"어쩌냐. 어쩌면 좋냔 말이다!"

침음성을 흘리는 이도훈에게 군단장의 질문이 떨어진다.

"이도훈!"

"이, 일병 이도훈!"

군단장이 직접 이도훈을 지목하자 모두의 시선이 이도훈

에게 쏠린다.

"자네라면 지금 이 상황에서 어떻게 하겠는가?"

"……."

오대기 검열은 이미 시작됐다.

군단장이 묻는 것은 오대기로서의 절차를 묻는 것이다.

"정지, 정지, 정지! 손 들어! 움직이면 쏜다! 다리!"

암구호 중 문어를 묻는 이도훈. 그와 동시에 군단장을 향해 총구를 겨누는 시늉까지 완벽히 소화하자 대대장이 이도훈에게 작게 말한다.

"미쳤나, 지금? 군단장님에게 총구를 겨누다니?"

"……."

도훈도 지금 미칠 노릇이다.

감히 하늘같은 군단장에게 총구를 겨누다니. 실탄은 장전되어 있지 않지만 공포탄은 들어 있다. 분명 방아쇠를 당기면 공포탄이 나가는 총이다.

사람에게 겨누는 것조차 위험할지도 모르는 총구를 군단장에게 겨눈 것이다.

대대장은 식은땀을 뻘뻘 흘리고 있을 뿐이고, 군단장은 굳은 얼굴로 도훈을 응시하며 답어를 말하지 않는다.

"다리!"

"……."

도훈이 다시 한 번 문어를 발설하지만 군단장은 그저 도훈을 응시할 뿐이다.

군단장과 도훈의 기 싸움.

하지만 도훈은 이미 군단장에게 심리적으로 지고 있었다.

필히 여기서는 공포탄을 쏴야 한다. 상대는 이미 답어 말하기에 불응했고, 위협사격 정도는 충분히 할 수 있다.

그러나 상대는 군단장이다. 감히 군단장에게 공포탄을 쏠 배짱이 과연 도훈에게 있을까.

'젠장!'

군단장에게 멋지게 한 방 먹은 도훈이 잘근 이를 다문다.

그러나 바로 그때,

"123번 훈련병, 지금 뭐합니까?!"

뒤에서 들려오는 익숙한 목소리.

도훈이 고개를 돌려 뒤를 돌아보자 그곳에는 이 123대대에 있는 것이 어울리지 않는 인물이 서 있다.

바로 훈련소 때 이도훈과 김철수가 소속되어 있던 생활관 책임조교 우매한이었다.

"어째서 이곳에……?"

말도 안 되는 상황에 순간 할 말을 잃은 도훈이었지만, 우매한이 쓰고 있는 전투모에 반짝이는 하사 계급장이 도훈의 시야에 들어온다.

'부사관 지원인가?'

우매한이 직업군인을 목표로 하고 있다는 사실은 도훈도

어렴풋이 알고 있다. 그런데 설마 자신의 부대로 발령이 날 줄은 몰랐다. 2년 전의 기억에도 없었기에 설마 우매한과 다시 재회할 줄은 예상하지 못했기 때문이다.

"123번 훈련병, 훈련소에서 보여줬던 그 기개, 다 어디로 갔습니까!"

"……."

"본 조교를 실망시키지 않기 바랍니다."

우매한이 훈련소 때의 조교 말투를 유지하며 말한다. 그러자 도훈이 어이가 없다는 듯이 피식 웃어 보이더니 하사 우매한에게 소리친다.

"저를 누구라고 생각하십니까, 조교님? 아니, 우매한 하사님?"

만남 뒤에는 이별이 있게 마련이다.

하지만 이별 뒤에는 또 다른 만남이 존재한다.

그 만남이 재회일 수도 있기에 영원한 이별은 존재하지 않는다.

도훈과 우매한은 123대대에서 다시금 만나게 되었다.

그 사실이 도훈에게 힘을 실어준다. 용기를 새겨 넣는다.

젊은 영웅이라 불리던 도훈의 가슴에 다시 한 번 일병 이도훈이 아닌 123번 훈련병 이도훈으로서의 자긍심에 연료를 불어넣는다.

"마지막 경고입니다, 군단장님."

도훈의 말에 군단장은 여전히 답어를 말하지 않는다.

그와 동시에 도훈의 손가락에 힘이 들어간다.

타— 앙!

다음 날 아침.

여유롭게 부대에서 커피를 마시고 있던 사단장실에 의외의 방문자가 찾아온다.

"나 왔다, 아우야."

"형님 오셨습니까."

사단장이 자리에서 일어나 군단장을 맞이한다.

어젯밤과는 다르게 말끔한 군복 차림을 갖춘 군단장이 소파에 자리하자, 사단장이 맞은편에 앉으며 묻는다.

"검열은 어땠습니까?"

"어땠을 거 같나?"

"그야 당연히 형님을 실망시키지 않은 결과가 나왔으리라 예상합니다."

"123대대에 대한 신뢰가 대단하구나."

"대대장도 그렇고 123대대는 인재가 많습니다. 간부들도 특출 나고, 특히나 그중에서도 특별한 녀석이 있지 않습니까."

"이도훈… 이군."

고작 일병에 불과하지만 이도훈은 확실히 인재다.

간부급 이상으로 보여주는 냉철함과 판단력, 그리고 군단 장에게 직접 보여준 그 기개는 실로 감탄이 나올 정도였으니 까 말이다.

실제로 군단장은 도훈의 결단력에 어젯밤 당시 칭찬을 아 끼지 않았다.

"아무리 검열이라 해도 군단장에게 공포탄을 쏘는 일병이 있을 줄이야."

"그게 형님께서 바라신 거 아닙니까?"

"보통 일반 사병들은 오줌을 지리곤 했지. 하하하!"

사단장에게서 받아 든 커피를 마시며 눈에서 광채를 띤 군 단장이 사단장에게 단언하듯 말한다.

"이도훈은 인재다. 그 녀석은 필히 잡아두거라."

123대대의 아침.

식사를 마치고 오전에 집합한 이들 앞에 행보관이 헛기침 을 하며 시선을 모은다.

"브라보 포대로 간 기존의 하나포 반장을 대신해서 앞으로 새로 하나포 반장 직책을 맡게 된 신임 하사다. 와서 자기소 개해라."

"예."

행보관의 안내에 젊은 하사관이 막사 앞에 제1포대 병사들 과 마주 선다.

"앞으로 너희와 같이 제1포대에서 생활하게 될 하사 우매한이다. 앞으로 잘 부탁한다!"

"후, 훈련소 때 봤던 조교님이잖아?!"

이제야 우매한의 존재를 눈치챈 철수가 기절초풍할 노릇이라며 소리를 지른다.

우매한의 등장에 넋을 잃어버린 철수.

그리고 우매한의 전입을 박수로 환영하는 도훈.

예상치 못한 만남이지만 필히 이들의 만남은 우연이 아닌 필연일지도 모른다.

설사 그게 인과율 수치 10을 넘는 불확실한 미래에서 파생된 피드백이라고 할지라도 말이다.

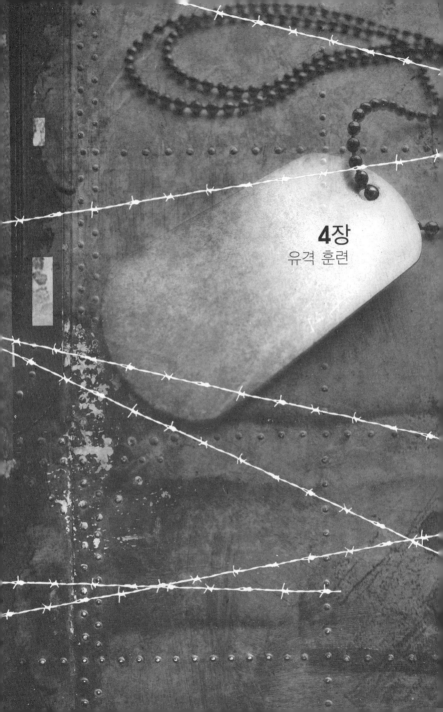

4장
유격 훈련

　도훈이 근무 중인 123대대에 전입하게 된 우매한.

　덕분에 차원관리국은 현재 난리 아닌 난리를 겪고 있는 중이다.

　분명 체셔가 본 미래 예측으로 우매한은 123대대가 아닌 다른 부대로 전입을 가야 했다.

　즉, 이도훈과 우매한의 인연은 훈련소에서 끝이라는 뜻이다.

　하지만 차원관리국이 예상하지 못한 일이 발생하고 말았다. 도훈과 같은 곳에서 근무할 수 없다는 미래 예측을 뚫고 피드백이 발생한 것이다.

"…이상으로 이번 피드백에 관한 보고를 마칩니다."

다이나가 조금은 착잡한 표정으로 넓은 공간에 덩그러니 하나 있는 의자에 앉아 휴대용 게임기에 몰두 중인 체셔를 바라본다.

풍성한 핑크빛 머리가 찰랑이며 체셔의 입술도 동시에 움직인다.

"결론만 간단히 축약해 봐, 다이나."

"군단장과 실험체 이도훈과의 인연, 그리고 우매한과의 재회로 인한 피드백. 이번 피드백 명칭은 '만남'이라고 합니다."

"그 만남은 과연 우연일까, 아니면 필연일까."

피드백 '사랑'에 이어 이번에는 또 다른 피드백인 '만남[A accidental meeting]'이 등장했다.

도훈과는 더 이상 연이 없어야 할 인물들이 피드백을 통해 이도훈과 접점을 가지고 말았다. 그중에서도 군단장, 그리고 우매한과의 만남은 이도훈에게 있어서 커다란 피드백으로 작용할지도 모른다.

솔직히 체셔로서도 전혀 예측이 안 된다.

이들의 만남이 과연 어떠한 불확실한 미래를 불러일으킬지 말이다.

"어렵네."

"네, 다른 부서 인원들 역시도 이번 피드백은 꽤나 예외적인 사례라고 합니다. 인과율 수치가 무려 40을 뛰어넘었습니다."

"피드백 이야기가 아니야."

말하면서 체셔가 자신이 들고 있던 휴대용 게임기 액정 화면을 보여준다.

화면에는 아날로그풍 BGM이 흘러나오면서 정확히 'GAME OVER'라고 쓰여 있다.

"이 회사는 게임 난이도를 너무 어렵게 만들어서 탈이야."

"……."

체셔의 여유로움은 과연 긍정적인 신호일까, 아니면 그저 무신경한 체셔의 태도를 반영한 것일까. 다이나는 판단하기 어려웠다.

"이만 돌아가 보도록 하겠습니다."

가볍게 목례를 한 뒤 국장실을 나가는 다이나의 뒤로 체셔가 나지막이 한마디를 내뱉는다.

"미래란 정말 불확실한 녀석이지."

"…네?"

"아무것도 아니야."

살짝 고개를 기울이며 체셔가 방금 한 말이 잘 이해가 안 간다는 표정을 지어 보이던 다이나였으나, 주머니 속에 진동하는 호출기의 낌새를 느끼고는 빠른 걸음으로 국장실을 나선다.

다이나가 나간 뒤 게임기 전원 버튼을 눌러 다시 게임 스타트 실행 메뉴를 클릭한 체셔가 작은 한숨을 섞어 말한다.

"미래를 아는 자라고 해도 피드백이라는 불확실한 상황이 발생하면 답이 없으니까."

차원관리국이 새로운 피드백의 출현에 우왕좌왕할 무렵, 이도훈이 있는 123대대 역시도 우왕좌왕, 갈팡질팡하는 중이다.

그 이유는 다름 아닌,

"유격대 하나!"

하나포 포상에서 시원한 여름 바람을 맞이하며 난데없이 PT체조 시범을 보여주기 시작한 범진이 말한다.

"이게 바로 악명 높은 PT체조라는 거다!"

자고로 PT체조란 총 열네 가지로 구성된 유격 체조이며 군 생활의 꽃이라 불리는 유격 중에서도 단연 가장 힘들고 어려운 코스이기도 하다.

특히나 PT체조 8번에 걸리는 순간, 이들은 무간지옥을 맛보는 체험을 하게 될 것이다.

유격만 벌써 두 번이나 겪은 도훈으로서는 범진이 가볍게 선보인 PT체조에 대한 악명을 익히 잘 알고 있다. 아니, 너무도 잘 알고 있어서 미칠 노릇이다.

반면, PT체조가 뭔지 모르는 철수로서는 쉬워 보이는 동작에 별거 아니라는 듯 쓸모없는 자신감을 내비친다.

"별로 어려워 보이지 않습니다만."

"어허, 이런 햇병아리를 봤나. 아직도 유격 체조의 무서움을 모르네."

범진이 불쌍한 중생을 바라보듯 혀를 찬다.

참고로 범진이 선보인 PT체조 동작은 첫 번째 동작인 높이뛰기다.

두 팔을 앞뒤로 흔들며 앉았다 일어났다 하는 동작으로 보기에는 쉬워 보이지만 막상 유격장에서 하게 되면 이 동작 또한 만만치 않게 느껴질 것이다.

"아무튼 유격장에 가면 이 PT체조만 조심하면 된다. 그리고 마지막 구호는 생략하는 거 잊지 말고."

"생략 말입니까?"

"그래, 예를 들어서 '팔 벌려 뛰기 10회' 라고 하면 10회째 구호는 붙이지 않는다. 붙이는 즉시 전우들의 뜨거운 눈초리를 받게 될 테니까 주의하도록."

"흐음."

범진의 말이 이해가 안 된다는 표정을 짓는 철수.

그도 그럴 것이, 유격이라는 훈련 자체를 뛰어본 적이 없는 철수이기에 범진이 하는 말이 이해가 단박에 안 갈 수도 있다.

여기서 유격 무경험자는 철수밖에 없는 관계로 나머지는

범진이 한 말을 뼈저리게 공감한다.

하지만 겉으로 보기에는 도훈도 철수와 같은 시기에 입대한 후임급이기에 겉으로는 유격에 대한 지식을 자랑하지도 못한다.

'골치 아픈 훈련이지. 유격.'

도훈이 가장 싫어하는 훈련이 딱 두 가지 있는데, 그중 하나가 바로 유격이다.

나머지 하나는 혹한기. 여름과 겨울이라는 계절을 대표하는 훈련이기도 하며 군대 내에서는 양대 산맥이라 불린다.

한참 그렇게 유격에 대한 경험담을 풀어놓고 있을 무렵, 포상 입구에서 익숙한 목소리가 들려온다.

"정비는 다들 잘하고 있는가?"

"태풍!"

엊그제 막 전입해 온 신임부사관 하사 우매한이 하나포를 방문한 것이다.

여러모로 부대 내에서 적응하기 위해, 그리고 앞으로 자신이 담당하게 될 하나포 인원들과의 친밀도를 다지기 위해 오늘 저녁에는 우매한을 필두로 하나포 회식이 있는 날이다.

분대장이자 사수를 맡고 있는 안재수가 때마침 포를 정비 중에 있었다.

다른 인원들은 사격 기재를 손질하는 데 여념이 없는 척한다. 방금 전까지만 하더라도 유격에 대한 일화로 노가리를 까고 있었지만, FM 하사의 등장에 모두가 재빨리 바쁜 척을 하는 것이다.

하나포 대표로 초록색 견장을 달고 있는 재수가 거수경례를 하며 말한다.

"현재 포 정비 중입니다."

"그렇군. 그나저나 재수는 사수 후임을 뽑을 생각이 아직까지 없나?"

"후임… 말입니까?"

"그래, 너도 이제 병장이잖나. 곧 전역을 하게 될 텐데 미리 후임 교육을 해두는 게 좋을 것 같은 생각이 들어서."

"음, 그렇습니까."

견인곡사포에서 사수는 매우 중요한 포지션을 담당하고 있다.

사수가 없으면 방열을 할 수가 없다. 즉, 사수가 없으면 포를 쏠 수 없다는 말이기도 하다.

물론 포를 쏘는 것 자체는 가능하다. 문제는 표적에 맞지 않을 뿐.

적중률이 거의 없다시피 하는 포 따위는 이미 포가 아니다.

그리고 재수는 이제부터 분대장을 달게 되었다. 막상 훈련을 들어가게 되면 우매한이 부재 시 재수가 이들을 통괄해야 한다.

그래서 전문적으로 사수 교육을 시켜야 할 후임이 필요한 것이다.

"일단 한수에게 교육을 시켜둘까 합니다만."

"한수라……."

우매한의 시선이 한수에게 꽂힌다.

부대 전입 이후 우매한은 이미 포대원들의 신상정보를 거의 다 외우다시피 했다. 과연 FM 하사다운 행동이라 할 수 있지만, 병사 출신 부사관은 그 밑에 있는 자들이 괴롭게 마련이다.

잠시 생각에 잠긴 우매한은 고개를 끄덕이며 말한다.

"한수."

"일병 한수."

"오늘부터 재수한테 사수 교육을 받도록 해라. 알겠나?"

"예, 알겠습니다."

"나머지 인원들도 한수 못지않게 자신의 역할에 최선을 다하도록."

"예!"

"그럼 계속해서 수고해라."

절도 있는 걸음걸이를 유지하며 막사로 향하는 우매한의 뒷모습을 보며 이제야 겨우 숨통이 트였다는 듯이 범진이 기나긴 한숨을 내쉰다.

"우와! 앞으로 훈련 같은 거 있으면 어떻게 하냐. 우리 포반장님은 너무 융통성이 없어서 큰일이란 말이야."

"포반장님이 융통성 없는 건 이미 훈련소에서 충분히 깨달았습니다."

철수도 고개를 절레절레 흔들며 범진의 말에 심히 공감한다는 제스처를 보여준다.

우매한은 훈련소에서도 FM 조교로 소문이 났던 인물이다. 그 조교 밑에서 훈련소 과정을 겪어온 철수로서는 치가 떨리는 일일지도 모르지만, 그래도 우매한이기에 가능했던 기억도, 그리고 추억도 남아 있다.

특히나 우매한과 작디작은 충돌을 많이 겪은 도훈으로서는 더더욱.

"우리 이제 어쩌냐, 도훈아."

철수의 말에 도훈은 그저 별다른 표정 변화 없이 대답할 뿐이다.

"니가 처신만 잘하면 되잖아."

"매정한 녀석. 이럴 때는 위로 좀 해주면 어디가 덧나냐?"

"그런 건 네 여자 친구한테 부탁해라."

철수의 징징거림보다 더 신경 쓰이는 일이 있는 도훈이었기에 사격 기재 청소도 제대로 집중할 수 없었다.

새롭게 발생한 피드백, 통칭 '만남[A accidental meeting]'.

얼마 전, 새로운 피드백의 출현에 비상이 걸린 차원관리국에서 한창 이리저리 바삐 뛰어다니는 다이나와 트위들디를 대신해 앨리스가 전해준 소식이다.

도훈을 중심으로 새로운 피드백이 발생했다고 말이다.

어쨌든 도훈으로서도 조심해야 할 필요성이 있었다. 아무리 미래가 불확실하다고 해도 누군가의 손에 자신의 미래가 결정되는 일은 사양이니까.

개인 정비 시간 이후 점호가 시작되자, 오늘 당직을 맡게 된 전포사격통제관, 줄여서 통제관이 노골적으로 짜증난다는 표정으로 이들에게 말한다.

"니들도 잘 알고 있겠지만 다음 주가 유격이다."

"예, 알고 있습니다."

"아, 짜증나 죽겠네. 아무튼 그에 대해서 간단한 일정을 알려줄 테니까 잘 들어라. 당직!"

"갑니다!"

오늘 당직을 맡게 된 최수민이 후다닥 생활관에 등장한다.

최수민 역시도 재수, 범진과 나란히 병장으로 진급했지만, 여전히 당직 전문 병사라는 타이틀에서는 졸업하지 못했다.

"아아, 일정을 불러드리겠습니다."

잠시 목소리를 가다듬은 최수민이 차근차근 일정을 발표한다.

"우선 월요일 오전에 42㎞ 유격 입소 행군을 시작으로 해서 저녁에 유격장에 도착, 그리고 화요일부터 금요일 오전까지 유격 훈련을 받습니다. 그리고 금요일에 유격장에서 마지막 저녁 식사를 하고 난 이후 복귀 행군을 합니다. 참고로 복귀 행군 코스는 45㎞입니다.”

“……”

사병들의 표정이 점점 새파랗게 질려간다.

행군을 시작으로 중간에 유격 훈련, 그리고 마무리를 복귀 행군으로 끊다니.

어찌 이리도 잔인한 스케줄이 있단 말인가.

입소 행군과 복귀 행군이라는 초고난이도 코스를 두고서 제1포대는 비상이 걸리고 말았다.

물론 행군을 전혀 예상하지 못한 건 아니다.

하지만 123대대가 유격을 치르게 될 유격장은 다른 유격장에 비해 유명한 게 하나 있기 때문이다.

입소 행군 시 유격장으로 향하는 코스 중 급경사를 깎아 만든 코스.

경사는 거의 45도에 육박하며 그 비탈길 또한 1시간 거리라는 기가 막힌 난코스가 존재한다.

이미 유격 경험을 가지고 있는 범진과 재수이기에 이번 행군이 얼마나 힘든지 너무나도 잘 알고 있다.

“아, 복귀 행군이 졸라 짜증나는데.”

점호를 끝마치고 매트리스 위에 자리를 잡고 누운 범진이 연신 한숨을 토해낸다.

체력적으로 자신이 있는 범진이라 하더라도 행군 때는 불만을 토로할 수밖에 없다.

한편, 자대로 전입해 오고 나서 처음으로 행군을 뛰게 된 철수는 아직 유격 행군의 무서움을 모르고 있다.

"야, 도훈아, 훈련소 때와는 다를까?"

철수의 물음에 도훈이 당연하다는 듯이 대답한다.

"그걸 굳이 나에게 물어볼 필요성이 있냐."

"하긴 그렇지."

"그냥 1주일 동안 '나 죽었소' 하는 마음가짐으로 지내면 유격을 보다 편하게 지낼 수 있을 거다. 염두에 둬."

"…충고 참 고맙다."

별로 도움이 안 되는 충고에 철수가 머리 위까지 침낭을 뒤집어쓰고 잠을 청한다.

시간은 흘러흘러 드디어 바로 내일이 유격 일자.

개인 정비 시간을 이용해 하나포는 한수와 도훈을 PX로 보내 유격장에서 먹을 음식을 미리 구입해 오라는 중대한 미션을 선사해 준다.

PX에서 참치, 초콜릿 등 유격장에서 입이 심심하지 않을 만큼 물품을 산 이들이 계산을 마치고 막사로 올라오는 와중이었다.

"태풍!"

연병장 한가운데를 걸어가던 도중, 이제 막 관사에서 나온 모양인지 우매한과 마주친 이들 중 한수가 대표로 거수경례를 한다.

마주 거수경례를 하며 한수의 인사를 받아준 우매한이 검은 봉지들을 가리키며 묻는다.

"그건 뭐지?"

"아, 간단한 추진입니다."

"추진이라⋯⋯."

병사 출신 우매한이기에 숨길 필요가 없어 솔직하게 대답한다.

추진이 나쁜 것은 아니니까 말이다.

한수의 말을 듣고 고개를 끄덕인 우매한이 알았다는 듯 말한다.

"적당히 챙겨갈 것. 알겠나?"

"예, 알겠습니다."

우매한이 FM 조교로 널리 알려져 있는 인물이지만, 그렇다고 완전히 융통성이 없는 건 또 아니다.

병사 출신이기에 병사들만이 알고 있는 고충도 충분히 공감할 수 있으며, 그에 대해서는 우매한도 최대한 배려해 주겠다는 마음가짐으로 간부 생활에 임할 예정이다.

누구보다도 우매한이라는 인물에 대해 잘 알고 있는 도훈이기에 방금 우매한이 보여준 반응은 어느 정도 공감이 되었다.

우매한을 지나치고 막사로 돌아온 이들. 군장을 싸면서 각자 가져갈 추진 식품들을 챙긴다.

새벽 일찍 일어나 연병장에 집합해 곧장 유격 입소 행군에 임할 예정이기에 최대한 빨리 챙기고 이른 취침을 한다.

당직을 맡게 된 행보관이 볼록한 똥배를 두드리며 점호를 받기 위해 준비 중인 이들에게 말한다.

"잡것들아, 딴짓하지 말고 후딱 자라. 알겠나?"

"예, 알겠습니다!"

"내일 새벽 일찍 출발할 예정이니까 곧바로 일어나고. 그럼 취침."

"취침!"

행보관의 말이 끝남과 동시에 바삐 움직이며 취침 준비를 시작하는 병사들.

드디어 유격 훈련을 앞둔 최후의 준비를 마친다.

이윽고 훈련의 아침이 밝아오는데,

연신 하품을 내뱉는 병사들에게 행보관이 막사 앞에서 큰 목소리로 외친다.

"오늘 아침 점호는 생략한다! 전 병력은 세면세족하고 30분 뒤 식사 집합할 수 있도록! 알겠나?"

"예, 알겠습니다!"

아침 점호가 없다는 사실에 대해서는 사소한 기쁨을 만끽할 수 있었다. 점호가 없다는 말은 아침 구보가 없다는 말과도 같기 때문이다.

요즘 들어 부쩍 체력이 많이 늘긴 했지만, 그래도 구보만큼은 여전히 싫어하는 철수가 콧노래를 부르며 말한다.

"아침부터 왠지 운이 좋을 것 같은 기분인걸."

"그 기분이 부디 오랫동안 유지될 수 있기를 진심으로 기원하마."

아침 구보를 생략한 것에 대해 저렇게까지 기뻐하는 사람은 아마 철수 하나뿐일 것이다. 아무리 군대가 사소한 것에 기쁨을 누릴 수 있게 만드는 마력을 지닌 장소라 해도 철수는 그 기쁨을 너무 만끽한다는 게 문제다.

여하튼 빠르게 아침 식사를 마치고 미리 챙겨둔 군장을 든 채 대대 연병장으로 향하는 이들.

키가 큰 범진은 제1포대 깃발병으로, 군장을 유격장 선발대 차량에 옮겨두고 단독군장 상태로 깃발을 든 채 이동한다.

"이게 바로 깃발병의 특혜지. 크크킄!"

범진이 자신은 매우 가벼운 몸 상태라는 것을 강조하듯 펄펄 점프를 한다. 그 모습을 매섭게 노려보는 다른 병사들이었지만 억울하면 범진만큼 키가 크면 된다.

신체적인 조건에서 이미 승리자로 인식된 범진이 깃발을 들고 제1포대가 정렬되어 있는 줄 맨 앞에 선다.

한편, 범진을 제외한 재수, 한수, 철수, 도훈은 나란히 한 줄로 다른 분과와 섞여 선다.

"다들 군장 제대로 꽉 조이고, 행여나 몸 상태가 조금이라도 안 좋으면 나한테 보고해라. 알겠나?"

"예, 알겠습니다!"

재수의 말에 하나포 인원들이 우렁차게 대답한다.

대한이 전역을 한 이후부터 분대장으로서 책임을 져야 하는 인물은 바로 재수다. 분대장으로서의 책임감이 군장의 무게보다도 더 무겁게 느껴지기 시작한다.

재수는 행군을 하면서도 자신의 분대원들을 챙겨야 하는 책임이 있다.

어찌 보면 재수만큼 이번 행군에 부담감을 느끼는 사람도 없을지 모른다.

하지만 부담감을 느끼는 인물은 한둘이 아니다.

그중 한 명이 바로 우매한.

"첫 행군인가."

훈련소에서는 지겹도록 행군을 해왔다. 하지만 하사라는 계급을 달고 자대에 전입해 와서 하는 첫 행군에는 유독 긴장하지 않을 수가 없다.

간부로서 첫 행군인데 긴장되지 않을 리 있겠는가. 훈련소 조교 시절에는 조교라는 타이틀을 달고 있다 해도 어차피 사병이다. 그래서 큰 사건사고가 발생하면 간부가 알아서 처리해 줬지만 지금은 자신이 간부다. 물론 사고가 발생하지 않는 게 가장 좋은 일이지만, 군대에서 사고를 빼면 오히려 군대답지 않을지도 모른다.

"최선을 다하는 수밖에."

FM 조교다운 마음가짐으로 자신의 나약한 마음을 없앤다. 마인드컨트롤을 손쉽게 할 수 있다는 점이 우매한의 장점이기도 하다.

물론 우매한 한 명만으로 이번 행군에 부담을 느끼는 인물이 끝나는 건 아니다.

전 병력을 통틀어서, 아니, 전 대대를 통틀어서 가장 많은 관심을 받고 있는 인물은 따로 있다.

"저, 전포대장."

헛기침을 하며 유리아를 호명한 제1포대장.

다른 사람들과 똑같이 군장을 메고 있는 유리아가 목소리를 높여 대답한다.

"예, 포대장님."

"어흠. 자네는 그… 뭐냐, 단독군장으로 가는 게 좋지 않을까?"

"말도 안 됩니다. 몸 상태가 나쁜 것도 아니고 특별히 큰 부상을 입은 것도 아닙니다. 저도 똑같이 군장을 메고 가는 게 당연하다고 생각합니다. 포대장님께서도 군장을 메고 계시지 않습니까."

"나는 가라 군장… 아니지. 여하튼 전포대장 자네는 그…
여……."

"여성이란 이유로 단독군장을 하라고 말씀하시면 개인적
으로 곤란하다고 생각합니다."

"……."

"군대 내에서는 남자도 여자도 없습니다. 그저 군인만 있
을 뿐. 저는 제1포대 전포대장입니다. 여자라는 이유로 군장
을 짊어지지 않는다는 말은 공감할 수 없습니다."

"으흠."

유리아는 사단장의 딸이기도 하다. 행여나 여성의 몸으로
성인 남자도 들기 힘든 군장을 들고 가다가 사고라도 당하면
포대장은 무슨 낯으로 사단장을 봐야 하는가.

하지만 유리아의 말이 맞기도 하다. 군대 내에는 남자, 여
자가 아닌 군인만 있을 뿐. 유리아의 군인정신에 나름 감동한
포대장이 고개를 끄덕이며 알았다는 듯이 대답한다.

"좋다. 하지만 자네 역시도 무리하지 말도록. 알겠나?"

"예, 알겠습니다!"

본인의 의사가 저리 견고하니 포대장으로서도 뭐라 할 처
지가 안 된다.

역시 사단장의 딸이라고 할까. 강직한 성격은 심히 닮았
다.

한편, 각 포대 인원이 줄을 서고 대대장의 등장을 기다리고

있을 무렵이다.

"부대~ 차렷!"

제1포대장의 말에 전 병력이 강단으로 올라온 대대장을 바라본다.

차렷 자세에서 뜨거운 여름 바람을 타고 흐르는 침묵의 향연.

"태풍!"

대대장이 제1포대장의 거수경례를 받아주며 이들을 한 번씩 훑어본다.

"오늘부터 드디어 자네들의 군 생활에 가장 큰 기억으로 자리매김할 유격이 시작된다."

대대장의 말에 고개를 연신 끄덕이며 그 말에 심히 공감한다는 의사를 내비치는 깃발병 범진.

그와 재수로서는 이번이 마지막 유격이 되고, 한수와 철수에게 있어서는 생애 첫 번째 유격 훈련이다.

그리고 다른 사람들은 모르겠지만, 도훈에게 있어서는 벌써 세 번째 유격이 되는 셈이다.

'이런 씨발, 좆같은 유격!'

속으로 온갖 욕지거리를 내뱉는 도훈이지만, 더 억울한 것은 어디 가서 유격만 세 번, 아니, 내년 유격까지 포함하면 총네 번이나 유격 훈련을 뛰었다고 말해도 믿어줄 이는 아무도 없다는 것이다.

간부도 아니고 사병으로서 유격을 네 번이나 뛰었다고 하면 그 누가 믿어주겠는가. 군 생활이 3년인 시절도 아니고 오히려 군 생활이 줄어드는 정책을 발표한 이 시기에 네 번이라니. 그것이야말로 난센스다.

하지만 공교롭게도 그 난센스를 직접 몸으로 체험 중인 도훈으로서는 미칠 노릇이다.

'나중에 어마어마한 소원을 빌어주마, 이 망할 차원관리자 녀석들!'

잊고 있을지 모르지만 도훈은 그저 전역과 동시에 쏟아질 소원 이용권 하나를 위해 군 생활을 한 번 더 해야 한다는 일을 감수하고 있는 중이다.

셀 수도 없을 정도의 금은보화를 가질 수도 있고, 평생 권력의 힘에 취해 살아갈 수도 있다.

차원관리국에서 제안한 소원이란 범위는 무제한이라고 했으니 말이다.

설령 그게 인과율 수치가 10이 넘어간다 해도 차원관리국 내에서는 납득이 가능한 수준의 피드백이 발생하는 범주 안에서 도훈의 소원을 들어주기로 했다. 물론 그 납득이 가능한 수준의 기준이 얼마만한 기준인지에 대해서는 도훈도 알 수 없지만, 여하튼 남들이 가지지 못한 기회를 도훈은 거머쥘 수 있다는 뜻이다.

혼자만의 생각에 빠져 있던 도훈의 귓가에 대대장의 마무리 말이 들려온다.

"…무엇보다도 다치지 않도록 유의하도록. 이상."

"부대~ 차렷!"

제1포대 포대장의 차렷 구호와 함께 전 병력이 각이 잡힌 행동을 선보인다.

"태풍!"

"태풍."

대대장의 말을 끝으로 드디어 시작된 유격 행군.

순번은 본부 포대를 시작으로 제1포대, 제2포대, 그리고 전방에서 아침 일찍 건너온 제3포대 순서로 짜여 있다.

위병소를 통과하면서 제1포대장의 우렁찬 파이팅 구호가 들려온다.

"알파포대, 파이티이이이잉!!"

"파이티이이잉!!"

늘어지는 특유의 구호를 듣던 철수가 뒤를 따라오던 도훈에게 장난기 가득해 묻는다.

"이거 데자뷰 아니냐?"

"데자뷰라……."

"훈련소에서도 이런 식의 파이팅 구호가 있었잖아."

"하긴 그랬지."

끝이 늘어지는 독특한 파이팅 구호인지라 쉽사리 잊히지 않고 제대로 기억 속에 남아 있다.

"게다가 훈련소 조교이던 우매한 하사님도 있고. 왠지 훈련소 때로 돌아간 기분이네."

철수는 뭐가 그리 좋은지 연신 킥킥거리며 다시금 기분을 업(Up)시킨다.

같이 행군을 하는 전우가 선임, 후임이라는 점만 다르지 훈련소 때의 기분으로 되돌아갈 수 있는 인물들이 더러 보인 탓에 철수는 이번 행군이 마냥 힘들기만 한 행군은 아닐 거라는 기대감을 가지게 된다.

하지만 그것은 단순한 희망 사항일 뿐이었으니…….

드디어 시작된 입소 행군.

총 40㎞라는 어마어마한 거리를 행군하기 위한 이들의 발걸음이 빨라진다.

그럴 때마다 포대장이 속도를 조절해 페이스를 유지하는 쪽으로 컨트롤을 하고, 나머지 간부들이 병력들을 통제한다.

행군이 이어지길 대략 두 시간.

시골에서나 볼 수 있을 법한 작은 시골 슈퍼를 지나치는 이들 중 철수가 입맛을 다신다.

"시원한 아이스크림 하나 먹으면 소원이 없겠구만……."

슈퍼를 보니 유독 시원한 게 당기나 보다.

슈퍼 바깥에 나와서 부채질을 하고 있던 아줌마가 철수의 목소리를 들었는지 근처에 있던 냉동고에 손을 넣어 재빠르게 아이스크림을 몇 개 꺼내 철수의 손에 쥐어준다.

"이거 먹고 힘내요."

"아, 아주머니? 주시면 안 되는데……."

"내 아들도 군대에 있어서 아들 생각이 나서 그러니까 후딱 몰래 챙겨 넣고 가. 어서!"

"가, 감사합니다!"

주는 성의 마다하지 않는다고 했던가.

재빠르게 건빵 주머니에 아이스크림 두 개를 챙긴 철수의 표정이 급격하게 밝아지기 시작한다.

한편, 이 모든 상황을 뒤에서 지켜보고 있던 도훈이 철수의 방탄모를 딱 치면서 말한다.

"병신아, 그걸 주는 대로 냅다 받으면 어떻게 하냐?"

"그래도 아주머니의 성의를 무시할 수는 없잖냐. 국가와 국민에 충성을 다하는 대한민국의 육군으로서 국민의 호의를 거절할 셈인가?"

"지랄도 정도껏 떨어라. 너, 그거 간부한테 들키면 어쩌려고 그러냐?"

"그전에 몰래 먹으면 되지."

"잘도 몰래 먹겠다."

행동이 굼뜨기로 소문난 철수인데 어떻게 간부들의 눈을 속이고 아이스크림을 해치우겠는가.

이제 와서 버리는 것도 그렇고, 계속 안 먹고 놔두자니 한 여름의 기온 탓에 아이스크림이 점점 녹아간다.

조금이라도 지체해서는 안 된다. 최대한 신속히, 그리고 빠르게 아이스크림을 먹어야 한다.

하나는 막대형, 그리고 하나는 쭈쭈바형.

"쭈쭈바라니?"

이건 계속해서 입에 물고 먹지 않는 이상 제대로 먹을 수가 없는 형태의 아이스크림이 아닌가.

생각지도 못한 짐 덩어리를 안겨준 아주머니에게 철수가 약간의 원망을 내비친다.

하지만 철수가 누구인가. 얼굴에 철판 깔기로 유명한 신병이다. 아니, 이제는 정식으로 일병이지만 여전히 철수의 그 독특한 성향은 어딜 가도 사라지지 않는다.

"일단 막대형부터."

건빵 주머니에서 빠르게 아이스크림을 꺼낸 철수가 바스락거리는 소리를 내며 아이스크림 포장지를 뜯는다. 그와 동시에,

한입에 원샷, 원킬.

순간적으로 포장지 구겨지는 소리가 들린 탓일까. 앞서 걸어가던 우매한의 시선이 철수에게로 꽂힌다.

꿀꺽 소리를 내며 그 큰 아이스크림을 그대로 삼켜 버린 철수. 목구멍이 얼어붙을 정도의 차가움과 머리가 띵해지는 현상이 찾아오지만 아무렇지도 않은 척 연기를 한다.

"김철수."

"일병 김철수!"

"방금 이상한 소리 내지 않았나?"

"자, 잘 모르겠습니다!"

"……."

철수가 의심스럽다는 듯이 바라보던 우매한이지만, 증거가 없기에 어쩔 수 없이 넘어간다.

이것으로 막대형은 해결. 아이스크림 하나를 원샷으로 먹어버린 철수의 행보에 도훈이 혀를 내두른다.

군대 마스터라 불리는 도훈도 철수처럼 저렇게 순발력 있게 아이스크림을 해치우진 못할 것이다. 비정상적으로 특화된 능력을 지니고 있는 철수의 모습에 도훈은 어느 순간 가벼운 현기증을 느끼고 말았다.

저런 쓸모없는 능력을 키울 바에야 군 생활에 좀 더 많은 신경을 썼으면 하고 말이다.

다음은 쭈쭈바형 아이스크림이 남았는데, 저건 과연 어떤 재주로 해치울지 이제는 궁금해질 지경이다.

하지만 쉬는 시간까지 아이스크림을 먹지 않는 철수. 이미 아이스크림은 녹아서 액체 상태가 되었을 텐데, 도훈은 속으로 철수가 쭈쭈바형은 포기했나 싶다.

그리고 찾아온 쉬는 시간.

"열려라, 수통 마개!"

갑자기 냅다 수통을 열고 그대로 꿀꺽꿀꺽 마셔 버린 철수가 잠시 화장실에 갔다 오겠다고 말하고는 뒤이어 대략 3분 정도가 지난 후에 재등장한다.

그리고 나서 수통을 흔들어 보이는데,

"너, 설마……."

도훈이 식은땀을 흘리며 말하자 철수가 싱긋 웃어 보인다.

"스포츠 드링크다."

"이런 미친놈을 봤나."

스포츠 음료 맛 쭈쭈바를 녹여서 수통에 담은 게 아닌가.

고작 아이스크림 녹인 것을 수통 안에 담기 위해 수통을 비운 철수도 대단하다고 생각하지만, 바보 같은 판단에 혀를 내두를 지경이다.

"물보다 아이스크림을 택하다니……."

"많은 양의 물보다 소수의 이온음료를 택했다고 말해줘라."

"알았다, 미친놈아."

도훈은 속으로 전역 때까지 철수의 사상을 절대 이해할 수 없을 것이리라 확신한다.

입소 행군을 시작한 지 이제 대략 일곱 시간이 지나가는 상황.

점심시간을 보내고 오후 4시를 향해가는 시점이 되자 이들의 체력도 점점 고갈되어 가는 중이다.

아직 유격은 시작도 안 했는데 벌써부터 체력이 방전되는 기이한 현상을 체험 중인 이들. 하지만 그런 이들의 눈앞에 더욱더 기이한 현상이 나타나기 시작했다.

때는 유격장 비탈길 입구로 들어서기 바로 직전의 휴식 시간.

모두가 앉아서 비탈길 입구 진입 직전 마지막 휴식을 취하고 있을 때다.

바스락바스락.

"……?"

인적이 드문 숲속 비탈길.

사람의 손이 거의 닿지 않는 외진 곳에서 알 수 없는 정체불명의 사운드가 들려온다.

그것도 바로 철수의 뒤에서.

"뭐, 뭐야?!"

황급히 놀란 철수가 자리에서 일어서며 비명을 내지른다.

모두의 시선 역시도 수수께끼의 사운드에 집중하기 시작한다. 소변을 보기 위해 잠시 사라진 병사가 낯선 길로 복귀하는 소리일까?

하지만 그것치고는 뭔가 움직임이 심상치 않다.

게다가 묘하게 풍겨오는 지독한 냄새.

"설마……."

안 좋은 예감이 든 도훈이 근처에 있는 이들에게 외친다.

"멧돼지입니다!!"

"······!!"

예상치 못한 들짐승의 등장. 도훈의 외침을 접한 이들이 재빨리 철수에게서 떨어진다.

철수 역시도 도망치려 했지만 그때 우매한이 목소리를 높여 외친다.

"움직이지 마라! 네가 움직이면 멧돼지는 바로 널 공격할 거다!"

"자, 잘 못 들었습니다?"

"멧돼지가 노리는 건 너다. 잘 봐라."

수풀 속에서 날카로운 눈빛을 뿜어내며 철수에게로 머리가 고정되어 있는 거대한 멧돼지의 형상.

작은 소형 자가용 크기와 거의 맞먹는 어마어마한 덩치를 뽐내고 있는 멧돼지의 향연에 모두가 침을 꿀꺽 삼킨다.

가뜩이나 행군 때문에 체력도 거의 바닥난 상태. 멧돼지에게서 도망칠 수 있는 방법도, 그리고 루트도 매우 한정적이다.

"하, 하나포 반장님! 어, 어떻게 해야 합니까?!"

"일단 대기하도록. 가급적이면 움직이지 말고."

우매한이 철수를 진정시키는 와중에 멧돼지가 왜 철수를 노리는지 생각해 보기 시작한 도훈은 한 가지 가설을 세워본다.

'혹시… 아이스크림 때문인가?'

말도 안 되는 가설일지 모르지만, 철수의 수통에는 당분이 가득한 아이스크림을 녹인 액체로 채워져 있다.

그 냄새가 멧돼지를 부른 것일 수도 있다는 생각이 도훈의 뇌리를 스친 것이다.

물론 정확한 지식은 아니다. 그저 철수가 가까이 있어서 노린 것일 수도 있지만, 억지로 이 모든 정황을 때려 맞히면 아마 그쪽도 가능성이 있지 않을까 생각한 도훈이다.

원인을 생각하는 것도 좋지만 그것보다 후속 조치가 먼저다.

"포반장님!"

모두의 시선이 우매한을 향한다. 우매한도 이런 상황은 훈련소에서 배운 적이 없어서 그저 당황스러울 뿐이지만 간부로서 자신이 어떻게든 조치를 취해야 한다.

다른 간부들이 온다 해도 명확한 방도는 없으니까 말이다.

하다못해 행보관이라도 있다면 어느 정도 해결책을 찾을 수 있을 텐데 공교롭게도 행보관은 먼저 선발대로 5톤 트럭을 타고 유격장으로 간 지 오래다.

하지만 바로 그때,

"담배, 담배 연기입니다!"

도훈이 주변에 있는 이들에게 소리친다.

"담배 연기로 동물을 내쫓으면 됩니다! 하나포 반장님, 흡

연 허가를!'

도훈의 묘수가 발동된다. 생각지도 못한 비책을 들은 우매한이 재빠르게 고개를 끄덕이며 주변 이들에게 외친다.

"흡연을 허가한다!"

"예!"

본래 산속에서는 담배를 피우지 않게끔 조치가 내려졌다. 자칫 잘못하다가 산불이라는 재해로 옮겨질 수 있으니까 말이다.

하지만 지금은 어쩔 수 없는 비상사태. 멧돼지를 쫓아내지 않으면 이들이 당한다.

급하게 시작된 흡연 작전. 비흡연자들은 전투복 상의를 벗어 담배 연기가 멧돼지 쪽으로 향하게 바람을 일으키고, 흡연자들은 자신이 가지고 있는 담배를 모조리 피워댄다.

도훈 역시도 오랜만에 흡연을 하기 시작하며 최대한 멧돼지에게 담배 연기가 전달될 수 있게끔 뿜어내기 시작한다.

일명 '너에게 닿기를' 작전!

덩치에 어울리지 않게 바들바들 떨고 있는 철수의 코끝에도, 그리고 철수를 노리고 있는 멧돼지의 코끝에도 지독한 담배 냄새가 전해진다.

이윽고 얼마 지나지 않아서,

꾸웨웨웩!!

말 그대로 돼지 멱따는 소리와 함께 그대로 줄행랑을 치는 멧돼지의 모습을 확인하고 나서야 간신히 긴장의 끈을 놓을 수 있었다.

흡연 작전으로 간신히 돼지를 쫓아낸 이들이 긴장이 풀렸는지 그대로 바닥에 주저앉고 만다.

반면 도훈과 우매한은 상황을 파악하기 위해 멧돼지가 있던 장소로 향하게 되는데.

"설마 유격장 주변으로 멧돼지가 나올 줄이야."

우매한이 침음성을 흘리며 방금 전 상황을 되새겨 본다.

행여나 부상자가 나왔다면 전부 우매한의 책임이 아닌가. 부하를 제대로 돌보지 못한 죄는 간부로서 매우 치명적으로 작용한다.

하지만 우매한은 빠른 판단력으로 위기를 넘길 수 있었다.

그 점에 대해서는 도훈도 우매한을 매우 높게 평가한다.

"결과만 좋으면 되지 않겠습니까?"

"훈련소 때에도 그렇고 변하지 않았군."

우매한이 피식 웃으면서 도훈에게 말한다.

"너의 그 판단력과 노하우는 정말 본받고 싶을 정도야."

"…감사합니다."

사실 판단력이라고 할 것까지도 없다. 그저 이전 차원에서 막사에 뱀이 나왔을 때 행보관이 '담뱃재를 섞은 물을 막사 주변에 뿌려놓으면 산짐승들이 안 내려올 거다'고 말한 것을 떠올렸을 뿐이니까 말이다.

여하튼 행군 도중에 멧돼지도 만나게 되고, 이번 유격 행군, 불안한 감이 들기 시작한다.

멧돼지 소동을 뒤로하고 드디어 진입한 45도 비탈길 코스.

이미 발바닥이 물집으로 얼룩진 병사가 있는가 하면, 철수처럼 체력이 부족해서 헉헉거리는 병사도 보인다.

반면, 훈련소와 자대 전입 이후 운동을 게을리하지 않은 도훈으로서는 체력적인 문제는 거의 없을뿐더러 훈련소에서 이미 발바닥에 군은살을 만들어놨기 때문에 훨씬 수월하게 행군에 임할 수 있었다.

하지만 그렇다 해도 어려운 건 마찬가지다.

"김철수, 할 만하냐?"

재수가 뒤에서 걱정스러운 목소리로 묻는다.

병장인 데다가 분대장인 재수로서는 그래도 행군에 대한 노하우로 버틸 수 있다. 하지만 자대에 오고 나서 행군이 처음인 철수와 도훈을 책임져야 하는 것도 재수다.

유독 힘들어하는 철수를 바라보는 재수의 물음에 드디어 답변이 들려온다.

"죽을 것 같습니다!"

그것도 매우 부정적인 답변이다.

"짜식, 아직 말할 여유가 있으면 힘도 남았구만. 조금만 더 힘내라. 알겠냐?"

재수가 기억하는 바로는 이제 비탈길의 절반을 넘어오지 않았을까 추측해 본다.

도훈 역시도 말은 하지 않았을 뿐이지 이번 유격장 방문만 벌써 세 번째이기 때문에 자신들이 어느 정도 도달했는지 대략적이나마 알 수 있었다.

'이제 한 3분의 2 지점인가.'

밑으로는 시원하게 흐르는 산골짜기 강물, 그리고 왼쪽에는 곤충들의 울음소리가 여름의 시작임을 알려온다.

본 부대 인원이 입소 행군을 치르며 유격 훈련장으로 진입하고 있을 무렵,

주임원사를 필두로 각 포대 인원 중에서 선발된 선발대 인원은 이미 진작부터 유격장에 도착해서 입소 행군을 마칠 이들의 휴식처가 될 텐트를 치기 시작한다.

선발대 인원 중에서 과체중과 더불어 운전병이라는 특혜를 받게 되어 선발대로 차출된 이대팔.

그리고 선탑자 자리에서 내린 행보관이 뒤에 같이 타고 온 행정분과 분대원들을 향해 목청을 높인다.

"이 잡것들아! 후딱 내려와서 텐트 쳐라!"

"예, 알겠습니다!"

행정분과와 더불어 행군을 할 수 없는 인원이 포차에서 내려 황급히 텐트를 치기 시작한다.

이들이 작업해야 할 텐트 개수는 자그마치 열한 개.

총 열 개 분과와 더불어 포대장과 행보관이 머물 CP텐트까지 제한 시간 내에 다 마무리해야 한다.

"이대팔, 너도 늦장부리지 말고 후딱 와서 텐트 안 치냐!"

"가, 갑니다!"

5톤 트럭을 주차시켜 놓고 황급히 뛰어가기 시작한 이대팔. 선발대라고 해서 마냥 좋은 것은 아니다. 작업의 신이라 불리는 행보관이 선발대 작업을 맡게 되었으니까 말이다.

현재 시각 오후 1시.

행군 인원이 도착하기까지 대략 다섯 시간이라는 시간적 여유가 남아 있지만, 문제는 다른 쪽에 있었다.

"날씨가… 구리구만."

행보관이 우중충한 하늘을 바라보며 중얼거린다.

예상치 못한 기상 악화.

그 모습에 행보관은 사뭇 불안한 느낌을 지울 수가 없다.

"분명 일기예보에는 날씨가 맑다고 했는데 이상하구만."

다시 한 번 스마트폰을 이용해서 일기예보를 살핀다. 몇 분 전까지만 하더라도 쾌청이라고 적혀 있던 일기예보가 아직까지도 날씨는 맑음이라는 표시를 드러내고 있었다.

그런데 정작 유격장에는 어두운 구름이 드리우고 있는 게 아닌가.

"허허, 누가 날씨를 조종이라도 하고 있는 겐가."

말도 안 되는 소리를 해보는 행보관이었으나, 기후 변화는 인간의 힘으로 어쩔 수 없는 일.

최대한 빨리 텐트 작업을 마쳐야 한다. 만약 작업 도중 비가 오는 일이 발생하게 된다면 유격 스케줄에 커다란 지장을 미칠 수가 있다.

"이대팔 이 잡것아! 후딱 배수로 안 까냐!"

"예, 예!"

병력들을 재촉하며 작업을 속행시키는 행보관이었지만, 그가 바라보는 하늘의 먹구름은 점점 더 짙어지고 있었다.

"마지막으로 다 쉬었으니 이대로 유격 훈련장까지 전속력으로 간다! 알겠나!"

"예, 알겠습니다!"

제1포대장의 말에 따라 전 병력이 일제히 목소리를 높인다.

이들이 걸음을 재촉하는 이유는 다름이 아닌 갑작스런 기후 변화 때문이다.

예상치 못한 폭우. 굵은 빗방울이 병사들의 방탄모와 군장을 적셔간다.

방수 처리가 되어 있어 군장 안에 쉽사리 젖을 리는 없지만, 군복이 젖는다는 문제가 있다.

판쵸우의로 몸을 감싼 병사들이라 해도 군용 판쵸우의는

신기하게 완벽한 방수가 되지 않는다. 오히려 판쵸우의 덕분에 군복이 더 젖어가는 느낌을 받는 경우도 더러 존재하기도 한다. 게다가 냄새까지 지독하다. 위생적으로도 최악인 판쵸우의를 뒤집어쓰고 행군을 재촉하지만 도훈은 이상한 기분을 지울 수가 없다.

'갑작스런 기상 변화, 그리고 아까 그 멧돼지 사건.'

뭔가 이상하다.

지금 내리는 폭우는 말 그대로 태풍 수준. 도훈의 기억으로는 유격장에 비가 내리지 않았다. 오히려 날씨가 너무나 쾌청해서 미칠 노릇이었으니 말이다.

물론 다른 차원의 일에서는 비가 내릴지도 모른다. 하지만 그렇다고 한들 기후 현상의 변화는 너무나도 이상하다.

분명 출발하기 전 포대장에게 오늘 날씨는 맑다는 일기예보가 떴다고 들었다. 그런데 날씨가 이해가 안 될 정도로 급격하게 변하지 않는가.

게다가 멧돼지 사건은 더더욱 이치에 안 맞는다.

왜 멧돼지가 철수를 노렸는지에 대해서는 아직도 해석이 되지 않는다.

'뭔가가 있다, 뭔가가.'

안 그래도 '만남'이라는 피드백 덕분에 도훈이 예측하지 못하는 미래의 사건들이 일련으로 벌어지고 있다. 지금도 물론 현재진행형으로 벌어지고 있긴 하지만, 이건 뭐랄까, 마치…….

'피드백의 영향인가?'

그 생각이 드는 순간,

쾅과과과광!!

번쩍이는 뇌광과 함께 엄청난 굉음이 울려 퍼진다.

그와 동시에,

"도훈아!!"

철수의 단발적인 외침과 함께 도훈이 고개를 든다.

그곳에는 성인 남성 허리 두께의 족히 두세 배는 될 법한 나무가 정확히 도훈을 향해 쓰러지고 있었다.

생각지도 못한 자연재해!

아니, 이것이 정말로 자연재해인가!

"젠장!"

몸이 반응하는 것보다 나무의 쓰러지는 속도가 더 빠르다. 방탄모를 쓰고 있는 탓에 나무가 자신을 향해 쓰러지는 것을 눈치채지 못했다.

게다가 엄청난 폭우가 도훈의 시야를 가리고 있다. 소리는 들렸지만 무슨 일이 벌어지고 있는지는 알지 못한 것이다.

아무리 방탄모를 쓰고 있다 하더라도 저 정도 두께의 나무에 정수리부터 맞는다면 즉사다.

죽음.

군대와 사고는 떼려야 뗄 수 없는 관계다.

하지만 이건 뭔가 이상하다.

침묵성을 흘리는 도훈의 눈에 점차적으로 다가오는 나무.

하지만 바로 그때였다.

─블레이드(Blade) 프로그램 발동.

스르르르릉!!

귀가 찢어질 듯한 소리와 함께 나무가 세로로 정확히 두 동강이 나버린다.

마치 처음부터 두 동강이었던 것처럼 흔적도 없이, 그리고 아주 깔끔하게 도훈을 사이에 두고 양쪽으로 갈라진 나무.

놀란 부대원들의 눈에는 도저히 믿을 수 없는 상황이 펼쳐지고 있었다.

하지만 도훈은 직감적으로 알 수 있었다.

아니, 직감이 아니더라도 육안으로도 충분히 확인할 수 있었다.

앨리스와 최초로 충돌했을 당시 자신의 팔을 거대한 검으로 변환시키던 다이나의 모습을.

깔끔한 정장 차림의 금발 여성 다이나가 뒤이어 왼손가락을 튕기자, 쏟아지던 빗방울이 그대로 공기 중에 정지한다.

뿐만 아니라 도훈과 나무를 놀란 눈으로 쳐다보고 있던 부대원들 역시도 놀란 채로 그대로 얼어붙어 버린다.

하지만 도훈만은 움직일 수 있었다.

"아슬아슬했네, 이도훈."

"…너."

"안심해. 난 저 남자들에게 보이지도 않고 저 남자들 역시 지금 이 상황을 제대로 인지할 수 없어. 너희들 세계의 언어로 표현하자면 시간 정지 같은 거니까."

"내가 묻고 싶은 건 그런 게 아니야. 이건 도대체……."

도훈이 항의의 목소리를 높이려고 하는 순간, 다이나가 먼저 도훈의 말머리를 잘라 버린다.

"인과율 수치 38.32%."

"……."

"방금 너에게 벌어진 이상 징후의 원인이야. 무슨 뜻인지 알겠어?"

다이나의 말에 도훈의 두뇌가 빠르게 돌아간다.

침착하게, 그리고 냉정하게 상황을 파악한다.

멧돼지 사건, 갑작스레 변한 기후 현상, 그리고 마치 기다리고 있었다는 듯이 내리친 벼락에 의해 나무가 부러지며 자신을 습격했다.

"피드백의… 연쇄작용이라는 녀석이냐?"

"정답이야."

다이나가 작게 감탄사를 내뱉으며 도훈의 말에 고개를 끄덕인다.

역시 이도훈이란 남자는 평범한 인물이 아니었다. 그저 인과율 수치만을 말해줬을 뿐인데 그 단어 하나만으로 모든 상황을 추리해 버린다.

새삼 도훈에 대한 평가를 달리한 다이나가 침착하게 말을 이어간다.

"이도훈, 앞으로 우리 서포터즈는 너에게 또 다른 권능을 부여하겠다."

"미래 예측, 천리안, 그리고 또 뭔가를 해주겠다는 거야?"

"그래, 방금과 같이 물리적인 형태로 인과율 수치에 어긋나는 현상이 발생했을 경우, 실험체 이도훈은 서포터즈를 소환해 같은 물리적인 수단으로 대응할 수 있다는 것을 추가하기로 했어. 정식 명칭은 포스(Force)."

"흐음."

이도훈에게 부여된 새로운 힘. 차원관리자를 물리적인 수단으로 이용할 수 있다는 의미는 도훈에게 있어서 꽤나 참신하게 다가오는 힘이다.

하지만 인과율의 수치가 어긋나는 현상이 발생해야 한다는 전제조건이 걸려 있다. 그때가 아니고서는 서포터즈의 물리적인 힘은 쓸 수 없다.

서포터즈의 직접적인 영향력을 행사할 수 있게끔 도훈에게 권한을 부여할 정도라면…….

"이번 피드백은 꽤나 골치 아픈 녀석인가 보군."

도훈의 머릿속은 복잡해질 수밖에 없었다.

편안한 군 생활을 보장 받으려 하던 그이나 예상치 못한 방해꾼이 등장해 버린 것이다.

"유격이라는 훈련을 받는 동안 몸조심해. 필요하면 언제든지 호출하고."

"…알았어."

가뜩이나 유격 훈련 때문에 짜증나 죽겠는데 괴상망측한 피드백 연쇄작용까지 섞여들었다.

이래서 차원관리자들이 피드백 관리에 철저했던 것인가.

새삼 새로운 사실을 깨달은 도훈은 혀를 내두르며 다이나가 사라진 방향으로 시선을 돌린다.

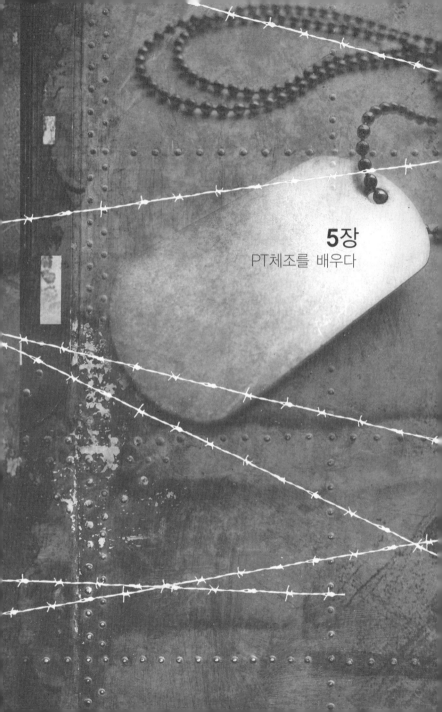

5장
PT체조를 배우다

입소 행군을 끝마친 병력이 미리 쳐놓은 텐트 내로 들어가
그동안 행군 도중 쌓인 피로를 풀기 위해 휴식을 취하기 시작
한다.

특히나 도훈이 나무에 깔려 버릴 뻔했던 사건사고에 관한
기억은 트위들디의 능력인 조작으로 인해 없는 사건이 되어
버렸다.

즉, 모두가 도훈이 당한 사건 내용을 기억하지 못한다는 뜻
이다.

"으이구! 아파 죽겠구만."

"구, 군의관님, 아파 죽겠습니다!"

발바닥에 생성되어 있는 물집을 보며 하소연하는 병사가 한둘이 아니다. 여길 둘러봐도 저길 둘러봐도 행군에 대한 후유증을 고충으로 토해내는 병사들의 모습뿐이다.

"지독하다, 지독해."

잠시 심부름으로 식수를 가져온 철수가 구급카 앞에서 엄살과 갖은 고통을 토로하는 병사들의 모습을 보더니 고개를 절레절레 흔든다.

잊고 있을지 모르지만 철수는 강철의 발바닥을 가진 사나이. 체력도 근성도 약해빠진 녀석이지만 발바닥 하나만큼은 아무리 행군을 하더라도 물집 하나 잡히지 않는 군대 행군 최적화 발바닥을 소유하고 있는지라 이번 행군 역시도 멀쩡히 걸어 다닐 수 있는 소수의 인물 중 한 명이다.

반면, 철수에 비해 발바닥 피부가 약한 편인 도훈은 그간 훈련소에서 단련시킨 발바닥이 효과를 본 탓에 그리 많은 피해를 보진 않았다.

'고통은 성장의 과정일 뿐이지.'

훈련소에서 겪은 수많은 물집을 뒤로하고 생성된 굳은살이 유격 입소 행군에 와서 빛을 보게 된 것이다.

하지만 굳은살에 대한 기쁨도 잠시,

"잡것들아, 배수로 안 까냐!"

행보관의 우렁찬 목소리에 병사들이 잽싸게 텐트 밖으로 나와 제각각 삽을 들기 시작한다.

폭우의 기운이 아직도 남아 있는지 간혹 비가 내린다. 물론 이도훈을 습격한 나무의 뿌리를 그대로 절단 낼 정도의 벼락을 동반한 수준의 폭우는 아니지만 그래도 대비를 해서 나쁠 것은 없지 않는가. 다만 귀찮을 뿐.

"이 잡것들이 게을러 터져 가지고!"

행보관의 우렁찬 갈굼에 병사들이 재빠르게 삽질에 임한다.

발바닥이 아파 죽겠는데 거기에 더해 노동까지 해야 한다.

군대는 병사의 심정을 절대로 배려해 주지 않는다. 처리해야 할 일거리가 남아 있으면 부상을 당했어도 해내야 하는 것이 바로 군대정신. 사단장이 와서 터가 안 좋다는 말 한마디만 내뱉어도 산을 옮겨야 하는 상황이 발생할지도 모른다.

융통성 없기로는 둘째가라면 서러워할 장소가 바로 군대 아니겠는가.

위에서 하라면 그냥 하는 거다.

팍! 팍!

삽의 끝자락에 걸리는 돌덩이를 무자비하게 내팽개치고 배수로 작업을 마친 이들.

땀방울을 흘리는 와중에 행보관이 만족스러운 웃음을 터뜨리며 외친다.

"땀 좀 흘렸으니 가서 샤워들 해라!"

"예, 알겠습니다."

행보관의 말에 순간 놀란 눈빛을 한 철수가 텐트로 들어가 샤워 준비를 하는 도훈을 붙잡는다.

"유격장에 샤워실도 있어?!"

"있긴 있지."

"진짜? 완전 짱인데?"

"니가 막상 샤워실을 보고 나면 그런 말 안 나올 거다."

"넌 본 적이 있다는 거냐?"

"물론."

"첫 유격인데?"

"그 이상은 알려고 하지 말고."

도훈으로서는 세 번째 유격인데 모를 리가 없지 않은가.

너무나도 잘 알고 있는 이 유격장을 마치 제 집 돌아다니듯 하는 도훈, 그리고 그 뒤를 졸졸 따라가는 철수와 함께 도착한 장소는 어느 허름하게 생긴 장소였다.

철판때기 하나로 되어 있는 지붕, 그리고 위에 달려 있는 파이프.

벽이나 울타리 하나 없다. 말 그대로 오로지 샤워만을 위한 장소. 게다가 샤워기도 보이지 않고 파이프에서 나오는 물줄기로 샤워를 한다.

"우리가 무슨 죄수냐?!"

철수가 꽥 소리를 지르며 유격장 샤워실을 본 자신의 감정을 솔직하게, 여과 없이 드러낸다.

영화에서 중죄인들이 샤워할 때 보여주는 장면과 똑같은 장소가 아닌가. 하다못해 교도소 안 샤워실은 벽이라도 붙어 있지, 유격장에 있는 것은 말 그대로 벽이라는 개념 자체가 없는 휑한 공간이다.

추운 밤바람이 이들의 알몸을 훑고 지나갈 그런 장소.

"나… 집에 가고 싶어졌다."

"난 입대 전부터 가고 싶었다, 짜샤."

도훈이 건방 떨지 말라는 듯 철수의 등짝을 후려친다.

짜악 소리와 함께 선명하게 새겨진 손바닥 자국이 철수의 아픔을 대변한다.

"아야! 아파, 이 자식아!"

"조금이라도 따뜻해지라고 때린 거다."

"아프기만 하구만!"

"아니면 운동이라도 하고서 샤워하든가. 팔굽혀펴기라도 한 30회 정도 하고 샤워하면 그나마 덜 춥더라."

"…그러냐?"

아무리 여름이라고 해도 폭우가 내리고 난 뒤의 날씨는 매우 춥다. 특히나 낮도 아니고 밤인데 안 추울 리가 없지 않은가.

홀렁 옷을 벗어젖힌 도훈이 황급히 팔굽혀펴기를 실시한다. 평범한 일반 남성의 몸이던 도훈이 군대에 들어오고 나서 운동을 꾸준히 한 결과 어느 정도 잔 근육이 붙기 시작했다.

"누가 군대 마스터 아니랄까 봐. 알았다, 알았어. 나도 하면 되잖냐."

철수가 혀를 차면서 불만을 토로해 보지만 그게 쓸모없는 저항이라는 사실은 아마 본인이 가장 잘 알고 있을 것이다.

역시 마찬가지로 알몸 상태가 된 철수도 팔굽혀펴기를 시작한다. 찬바람이 쌩쌩 불어오는 와중에도 이들의 운동은 끝나질 않는데.

한창 그렇게 운동 중이던 이들의 모습을 발견한 것은 다름 아닌 범진이었다.

"뭐하냐, 멍청이 듀오 녀석들아?"

"멍청이라니. 말이 심하지 않습니까, 김범진 병장님? 체온을 높이기 위해 하는 운동입니다, 운동."

철수가 사소한 반항을 해보지만 통하지 않는다.

그래 봤자 일병이 병장을 이길 수는 없으니까 말이다.

운동을 마치고 재빠르게 샤워실 안으로 진입한 철수와 도훈. 차가운 물줄기가 이들의 탄탄한 몸 위로 쏟아지자 울려 퍼지는 것은 샤워실의 물줄기 소음이 아닌 이들의 비명 소리였다.

"좆나 추워!! 씨발!!"

이들이 생각했던 것보다 훨씬 차가운 냉수였던 것이다.

하지만 행군을 마치고 난 이후 젖은 몸으로, 그것도 비까지 맞은 상태로 취침을 하는 것만큼 찝찝한 경우가 또 어디 있을까.

억지로 추위를 견디면서 샤워를 하고 있는 이들에 뒤이어 다른 이들도 속속들이 입장하기 시작한다.

그중에 한 명이 당당히 샤워실로 입장을 하는데,

'헉!'

철수가 턱 숨이 막히는 표정으로 등장한 남자를 바라본다.

넓은 등판, 근육질의 몸매, 탄력적인 피부와 더불어 남자다움을 자랑하는 보디빌더 같은 체형을 뽐내며 샤워실에 등장한 우람한 체격의 남성이 주변을 둘러본다.

제1포대 소속 둘포 병사 포반장이라 불리는 남우성.

남자다운 시원한 성격에 체격도 좋아 몸을 쓰는 일이라면 제1포대에서 으뜸가는 존재이기도 하다.

게다가 포반장이 없는 둘포에서 병사 포반장을 맡고 있는 탓에 훈련 시에는 간부가 해야 할 일을 병사 신분으로서 완벽하게 소화해 낸다.

간부들 사이에서도 인정받고 있는 우수한 인재.

하지만 그에게는 한 가지 유일한 특이점이 있었으니.

"어허, 어허!"

탄식 소리를 내며 샤워실로 입장한 남우성이 굵직한 목소리를 내며 주변을 둘러본다.

낡아빠진 천장.

그리고 위에서 졸졸졸 새어 나오는 파이프의 물줄기.

그 밑에서 알몸으로 샤워를 하고 있는 청년들.

하지만 그중에서도 유독 남우성이 관심있게 지켜보는 것은 낡은 천장도, 물줄기도 아닌 바로 샤워를 하고 있는 청년들이다.

"어이쿠, 장소가 왜 이리 좁아. 원 참."

좁디좁은 샤워실에서 남우성이 은근슬쩍 옆에 있는 철수의 엉덩이를 살짝 터치한다.

순간 몸 전체에 닭살이 돋은 철수가 극도로 예민한 반응을 보인다.

그럴 수밖에.

남자의 손길이 엉덩이에, 그것도 맨살에 닿았는데 기분 좋을 리가 없지 않은가.

"하, 하하하! 남우성 상병님, 장난이 심하십니다?!"

"더 심한 장난도 칠 수 있는데? 후후후."

남우성이 덩치에 어울리지 않게 윙크를 날리자 철수가 온몸을 부르르 떤다.

그렇다. 남우성의 유일한 특이점.

그것은 바로 남자를 좋아한다는 것이다.

당당하게 커밍아웃을 한 것은 아니지만, 누가 봐도 성적 소수자라는 행동이 너무나도 티가 나게 보인다.

하지만 그럼에도 불구하고 남우성이 다른 이들에게 존경받는 이유는 바로 자신의 취향을 강조하지 않으면서 적당한

선을 지키고 있다는 것이다.

아무리 자신이 원한다고 해도 남에게 혐오감을 주는 일은
절대로 하지 않는다.

성적 소수자이지만 이런 마인드를 가지고 있는 남우성이
기에 그를 싫어하는 사람은 별로 없었다.

간혹 이런 짓궂은 장난을 치기도 하지만 말이다.

"남자들끼리 같은 장소에서 서로의 체온을 느끼며 샤워하
다니! 이 얼마나 전우애가 넘치는 장소란 말인가! 하하하!"

유격 훈련장에 마련되어 있는 샤워실을 진심으로 좋아하
는 인물이 나올 줄은 꿈에도 몰랐는지 포대원들이 남우성에
게서 점점 멀어지기 시작한다.

날씨도 날씨이지만 나름의 정조(?)도 소중하기에 포대원들
은 자신의 뒤(?)를 조심하며 최대한 주의를 기울인다.

추위를 참아내며 간신히 버티고 버틴 이들.

군인정신으로 냉수마찰까지 버틴 뒤 다시 텐트 안으로 복
귀한 자랑스러운 대한의 건아들은 활동복으로 갈아입은 뒤
취침하기 위해 자리를 마련한다.

그 와중에 텐트 문이 열리며 스리슬쩍 들어오는 인물이 있
었으니.

"다들 샤워 다 했나?"

"태풍!"

재수가 자리에서 일어나 우매한에게 거수경례를 한다. 하나포 반장의 등장에 모두가 각을 잡는다.

본래 같은 경우에는 포반장과 해당 분과 병사들은 거리낌 없이 지내는 편이다. 하지만 FM 하사관이라 불리는 우매한이기에 아직까지 이렇게 각이 잡힌 모습으로 포반장을 맞이하는 것이다.

우매한 본인도 이런 거리감은 개인적으로 조금 자제하자는 편이지만 그래도 어쩌겠는가. 병사들이 자신을 대함에 있어 어려워하는데.

그리고 자신의 성격이 범진, 철수와는 다르게 허심탄회하게 무언가를 털어놓는 타입도 아니기에 마냥 그럴 수도 없다.

자리를 잡고 앉은 우매한. 그 역시도 샤워를 하고 왔는지 검은색의 트레이닝복으로 갈아입는다.

슬슬 9시가 되어가는 시간에 우매한이 자리에 눕더니 말한다.

"오늘은 행보관님께서 한 시간 일찍 취침하라고 하셨으니 일찍 자도록."

"예, 알겠습니다."

우매한의 카리스마 있는 말에 숨이 턱턱 막히는 공기가 텐트 안을 지배한다.

본래 이들의 전략은 이러했다.

추진을 한 음식들을 까서 입소 행군의 회포를 푼다. 그리고 내일의 유격을 대비한다.

하지만 초장부터 그 계획이 와장창 깨지게 된 것이다. 그것도 우매한이라는 인물 탓에.

"야, 어쩌지? 기껏 추진한 먹거리가 아깝잖아."

귓속말로 재수에게 의사를 구하는 범진이었으나 재수라고 별수 있을 리가 없다.

여기서는 분대장으로서 결단력을 내릴 수밖에.

'어쩔 수 없다!'

짧게 고개를 끄덕인 재수가 굳은 결의의 표정을 짓는다.

분대장으로서 기가 막힌 상황 타개 능력을 보여줄 것인가!

초미의 관심이 모아지는 와중에 재수의 명령이 하달된다.

"그냥 자자."

"……."

재수는 도훈처럼 뛰어난 상황 대처 능력을 보유하고 있지 않다. 포대의 브레인이라 불리는 만큼 모범생 타입. 그래서 우매한의 눈을 피해 몰래 추진을 할 자신도, 그리고 배짱도 없는 것이다.

"차라리 이럴 때는 김대한 병장이 훨씬 더 좋았을 텐데."

"동기라는 놈이……."

범진의 혼잣말을 들었는지 재수가 오른발로 범진의 엉덩이를 뻥 찬다.

아침에 일어나자마자 급식을 받기 위해 자리에서 일어선 철수와 도훈.

배식을 담당 중인 행보관과 행정분과 인원이 나름 균등하게 밥을 나눠 주지만, 유격장인지라 그런지 빈약하기 짝이 없는 메뉴밖에 들어오지 않는다.

"하아!"

아침밥을 보자마자 한숨부터 내뱉은 철수. 찬밥 더운밥 가릴 처지가 아니란 사실은 본인도 잘 알고 있지만, 그래도 실망하는 건 인간으로서의 본능이다.

물론 한숨이 터져 나오는 건 철수뿐만이 아니다. 분대장인 재수도, 여전히 늘어지게 자고 있는 범진도, 그리고 가볍게 스트레칭을 하고 있는 한수도 마찬가지다.

"맛다시라도 비벼 먹을까."

재수의 말에 모두의 시선이 번쩍 돌아간다. 오죽하면 자고 있던 범진이 눈을 뜰 정도겠는가.

"오! 역시 분대장! 결단력 완전 쩌는데?!"

"어제는 김대한 병장이 더 좋았다고 하고선 이제 와서 사탕발림이냐?"

재수가 어이가 없다는 표정을 지으며 범진에게 쓴소리를 내뱉는다.

어차피 일주일 동안의 유격 훈련이다. 입소 행군 덕분에 5일 중 하루를 이미 소비해 버린 이들이기에 4일간 잘 분배하면 나름 맛있는 식단을 짤 수 있다.

게다가 믿기지 않을지 모르지만 이 유격장에도 PX가 존재한다.

물론 경쟁률은 매우 치열하다. 전 포대, 아니, 전 부대 인원이 PX를 이용하려고 호시탐탐 노리고 있는데다가 PX를 여는 시간도 매우 한정적이다.

굳이 말할 필요도 없이 마련된 메뉴도 매우 적다. 그래서 유격장에 PX가 있다 해도 큰 기대를 하지 않는 편이 속 편할지도 모른다.

"그럼 맛다시 꺼내겠습니다."

한수의 말에 재수가 고개를 끄덕인다.

맛다시 사용을 허가하겠다는 분대장의 제스처에 따라 한수가 맛다시 두 개를 가져온다.

다섯 명이서 두 개씩 먹으면 된다. 최대한 아껴서 먹는 게 바로 주 포인트.

하지만 도중에 문득 우매한의 생각이 든 도훈이 말을 꺼낸다.

"포반장님 것도 준비해 두는 편이 좋지 않겠습니까?"

"음……."

아침부터 맛다시로 추진을 하는데 우매한이 좋게 볼 리가 없다는 생각에 재수가 고개를 절레절레 흔든다.

"괜히 잔소리 듣는 것보다 그냥 우리끼리 몰래 먹는 게 좋지 않겠냐?"

"하지만 포반장님은 생각보다 그리 꽉 막힌 사람은 아닙니다."

도훈과 철수는 훈련소 시절 때부터 우매한과 알고 지냈다. 물론 조교로서는 매우 엄격하고 융통성 없는 사람이지만, 병사 출신 간부는 병사들의 고충을 아주 잘 이해한다.

유격장의 밥이 맛없다는 것도 필히 알고 있을 터.

말을 주고받는 사이에 이들을 향해 다가오는 인물, 우매한이 말을 걸어온다.

"아침밥 먹는 중인가?"

"태풍!"

호랑이도 제 말 하면 온다고 했던가.

우매한의 등장에 재수가 거수경례를 한다. 그러자 거수경례를 받아준 우매한이 맛다시의 정체를 확인하는데.

"……."

"……."

잠시간의 정적이 흐르기 시작한다. 우매한이 맛다시 봉지를 보고 과연 이들을 나무랄까, 아니면 오히려 같이 먹자고 보챌 것인가?

솔직히 재수도 그 점이 궁금했다. 여기서 우매한을 가장 잘 아는 인물은 철수와 도훈이다. 특히나 도훈은 우매한과 같이 수류탄 사건을 막아낸 젊은 영웅 중 한 사람이다.

재수로서는 앞으로 같이 호흡을 맞추게 될 자신의 분과 담당 간부에 대해서는 필히 알아둘 필요가 있었다. 이런 사소한 사례를 통해서 서로가 서로를 알아가는 것이다.

"맛다시로군."

딱딱한 표정으로 감정 없는 말투를 내뱉은 우매한이었지만,

"내가 먹을 것도 있겠지?"

"물론 있습니다! 헤헤헤! 철수야, 당장 하나 더 꺼내와라!"

"예, 알겠습니다!"

범진과 철수가 영업용 미소(?)를 지으면서 재빨리 군장 안에서 맛다시를 하나 더 꺼내온다.

도훈의 말이 맞았다. 우매한은 FM 간부이긴 하지만, 병사 출신 간부로 단점만 존재하는 건 아니었다.

'이건 예상외로군.'

우매한의 새로운 일면을 알게 된 재수가 혼자만의 생각에 잠긴다.

입소식을 위해 유격장 연병장에 집합한 뒤,

평소와 다른 점이 있다면 전투복 대신 CS복으로 갈아입은 지 오래이고, 전투모 대신 방탄모를 착용하고 있다.

특히나 방탄모에는 주기표가 아닌 번호가 덕지덕지 붙어 있다.

이들이 바로 유격장에 입소식을 펼치게 될 123대대 인원.

아니, 유격 간에는 '올빼미'로 불리게 될 자들이다.

보슬보슬 쏟아지는 비를 맞으며 강단에 모습을 드러낸 중위 한 명.

선글라스를 착용하고 검은 상의에 검은 교관모를 쓰고 등장한 남자가 우렁찬 목소리로 외친다.

"반갑다! 오늘부터 내가 너희의 정신 상태를 제대로 교육시켜 줄 교관이다!"

마이크 없이 울려 퍼지는 남성의 목소리에 올빼미들이 기가 질린 표정으로 바라본다.

세상에, 평범한 날씨도 아니고 비가 오는 날씨임에도 불구하고 교관의 목소리가 쩌렁쩌렁 울리는 게 아닌가. 도대체 얼마나 큰 성량을 지녀야 저런 능력을 발휘할 수 있을지 궁금해할 상황이지만, 지금 이들에게는 그게 중요한 게 아니었다.

간단한 입소식을 마친 뒤 곧장 지옥이 펼쳐질 예정이기 때문이다.

"너."

교관이 가장 앞자리의 중간에 서 있는 철수를 지목한다.

지목당한 철수가 우렁찬 목소리로 외친다.

"일병 김철……."

"누가 관등성명 대라고 했나?!"

"……?"

교관의 버럭 지른 소리에 순간 놀란 철수가 어벙한 표정을 지어 보인다.

왜 교관은 자신에게 화를 내는 것인가? 관등성명이 마음에 안 들어서? 아니면 김철수라는 이름이 마음에 안 들어서?

머릿속으로 자신이 왜 혼나야 하는지 빠르게 생각해 보지만, 철수가 혼나는 이유는 다름이 아닌 이것이었다.

"유격장에서는 일병 김철수가 아닌 124번 올빼미라고 한다! 알겠나?"

"예, 알겠습니다!"

"그럼 관등성명 다시 외친다. 124번 올빼미."

"124번 올빼미!!"

"기준."

"124번 올빼미, 기준!!"

"양팔 간격, 좌우로 나란히!"

교관의 외침과 동시에 일사불란하게 움직이기 시작하는 올빼미들. 하지만 도중에 교관의 목소리가 다시 한 번 빗속을 꿰뚫는다.

"굼벵이들이냐!! 행동이 왜 이리도 느려 터져!!"

이윽고 이어지는 '목소리가 작다', '부동자세도 못한다', '행동이 굼뜨다' 등 사유를 붙어 헤쳐모여를 수십 번도 넘게 반복한다.

철수의 입장에서는 별다른 문제가 없다. 왜냐하면 중간인 데다가 기준을 맡는 빈도가 꽤 높았기에 별다르게 움직일 필요가 없기 때문이다.

하지만 가장 끝에 있는 올빼미는 죽을 맛이다.

계속 뛰기를 반복하며 헤쳐모여를 반복하기 때문이다.

한참을 그렇게 헤쳐모여 훈련만 주구장창 하다가 30분이 지나고 나서야 겨우 교관의 마음에 들었는지 드디어 입을 연다.

"이제 니들이 그토록 기다리던 PT체조 교육을 시작하도록 하겠다! 알겠나!"

"악!!"

"목소리가 작다! 엎드려뻗쳐!"

"악!!"

병사들이 그대로 흙바닥에 손을 짚고 엎드린다.

목소리가 작다는 이유 하나만으로 계속해서 얼차려 비슷한 고문을 당하는 건 입소식 이후로 이번이 처음이 아니다.

수도 없이 당하는 엎드려뻗쳐 탓에 이미 체력은 거의 소진된 상태.

부쩍 체력이 늘어난 철수도 벌써부터 팔이 부들부들 떨릴 지경이다.

한편, 이도훈은 익숙한 체력 분배로 아직까지는 잔여 체력을 남겨두고 있는 상태이다.

'내가 이럴 줄 알았다. 좆같은 유격!'

이미 유격만 세 번째가 아닌가. 교관의 훈련 패턴, 속된 말로 괴롭히기 패턴은 이미 도훈의 머릿속에 충분히 숙지되어 있다.

물론 교관에 따라 개인차가 있을 수도 있다. 하지만 그래 봤자 유격장 교관. 마음씨 착한 유격장 교관은 그냥 없다고 해도 무방하다.

한동안 그렇게 팔굽혀펴기를 도합 20번을 하고 나서야 다시 제대로 일어선 올빼미들에게 교관이 다시금 목소리를 높인다.

"잘할 수 있나?!"

"악!!"

"좋다! 그렇다면 슬슬 시작하도록 하지!"

드디어 이 시간이 오게 되었다.

유격 훈련의 꽃이라고 할 수 있는 PT체조!

"먼저 너희에게 PT체조 동작을 알려줄 조교를 소개하겠다. 조교, 앞으로!"

"앞으로!"

빨간색 상의와 빨간 조교모를 착용한 사병 두 명이 각 잡힌 달리기를 유지하며 강단으로 올라온다.

행동 하나하나에 각이 잡힌 모습에 올빼미들이 절로 혀를 내두른다.

역시 유격 전문 조교다운 행동이다.

"그럼 지금부터 숙달된 조교의 시범을 먼저 보고 PT체조

교육을 시작하도록 하겠다. 알겠나?"

"악!!"

보슬보슬 내리는 비를 맞으며 검은 모자와 선글라스 차림의 교관이 올빼미들에게 외친다.

"지금부터 숙달된 조교의 시범과 함께 PT체조 교육을 시작하도록 하겠다. 조교 위치로."

"위치로!"

빨간 조교모를 쓴 조교 두 명이 각각 정면, 측면으로 자리 잡아 강단에 선다.

"우선 첫 번째로 알려줄 것은 높이뛰기다. 조교들, 높이뛰기 구분 동작 실시!"

"실시!"

PT체조 그 첫 번째 동작, 높이뛰기. 점프를 하면서 팔을 앞으로 했다가 위로 올리는 동작이라 말할 수 있다.

겉으로 보기에는 매우 쉬워 보인다. 하지만 PT체조의 묘미는 바로 반복되는 동작, 그리고 순간적인 정지 동작, 마지막으로 구령을 붙이지 말아야 할 부분에 유독 튀어나오는 구령이다.

1번 동작을 시작으로 연이어 계속되는 PT체조 순번 설명.

2번, 굽혀 닿기 외 3번, 엉덩이 올리기 등등을 시작하다 드디어 올 것이 오고 말았다.

"다음 동작, 8번, 온몸 비틀기 준비!"

교관에 말에 조교들이 난데없이 바닥에 드러눕는다.

그 상태로 팔을 좌우로 펴서 몸을 지탱하고, 다리는 몸과 대칭하여 90도 각도를 유지한다. 그와 동시에 보이지는 않을지 모르지만 뒤통수가 땅에 닿아서는 안 되는 초고난이도 자세.

"저, 저것이……."

"그 소문의 온몸 비틀기!!"

병사들이 제각각 탄성을 자아낸다.

말로만 듣던 전설의 PT체조 8번 동작! 열 번 하면 게거품을 물고 스무 번을 하면 실신한다는 바로 그 전설의 온몸 비틀기에 사병들이 두려움으로 물들어가기 시작한다.

'젠장, 드디어 하게 되는구나. 이 군대, 좆같은, 씨발!'

아무리 군대 마스터 이도훈이라 하더라도 8번 온몸 비틀기는 피하고 싶은 관문 중 하나이다.

도훈도 두려워하는 동작을 그 누가 반기리.

아니, 가끔 그런 사람들이 존재하긴 한다.

"저게 뭐냐? 신기한 동작이네?"

아무것도 모르고 옆에서 신기함의 탄성을 자아내는 철수의 모습을 보고 도훈은 순간적으로 녀석의 안면에 코크스크류를 선사하고 싶다는 욕망에 사로잡힌다.

시간만 된다면 댐프시롤도 하고 싶은 기분이 든다. 감히 8번 온몸 비틀기를 보고 그저 신기한 동작이라니! 이 얼마나 무딘 감각의 소유자란 말인가.

"본 교관도 너희에게 가급적이면 이 8번 온몸 비틀기 동작은 시키고 싶지 않다. 하지만 너희들 태도가 구제불능이라는 생각이 드는 순간!"

교관의 말에 모두의 이목이 집중된다.

PT체조를 지정할 수 있는 권한은 오로지 교관에게 있다. 저 검은 모자를 쓴 사나이에게 오늘 하루 올빼미들의 운명이 달려 있다는 뜻이다.

"지옥을 맛보게 될 수도 있다는 사실을 잊지 말도록! 알겠나?"

"예, 알겠습니다!!"

"대답은 뭐라고 했나?!"

"아, 아악!!"

"이것들이 정신 못 차리지? 지금 당장 8번 온몸 비틀기 준비한다! 실시!"

"시, 실시?!"

아닌 밤중에 홍두깨라 했던가.

난데없이 온몸 비틀기 폭격을 받게 된 병사들이 제각각 연병장에 등을 맞대고 드러눕는다.

이미 여기저기 흙물이 튀어서 더러워진 CS복이긴 하지만, 그래도 진흙탕에 드러눕는 일만큼 불쾌한 일도 없을 것이다.

속옷은 젖어가고 유격 훈련 동안 계속 입어야 할 CS복도 더러워진다.

"차갑다."

이를 질끈 깨문 철수가 미세한 침음성을 흘린다.

여름이긴 하지만 비가 오고 난 아침은 매우 춥다. 특히나 산등성이에 위치한 유격장이기에 더더욱 춥다.

바들바들 떨고 있는 이들에게 교관의 불호령이 떨어진다.

"지금부터 온몸 비틀기 5회 실시한다. 마지막 구호는 생략하고 5회. 몇 회?"

"5회!!"

"목소리가 작다! 7회! 몇 회?"

"7회에에에에!!"

"온몸 비틀기 5회로 한다! 5회 시작!"

호루라기의 구령에 따라 이들의 발이 좌우로 움직인다.

무거운 방탄모의 무게감, 그리고 차가운 등의 감촉.

매서운 칼바람과 함께 유격장 병사들의 고통 섞인 신음 소리가 울려 퍼진다.

이윽고,

삐 삐 삑!

"셋!"

삐 삐 삐 삐 삑!

"네에에엣!!!"

드디어 마지막 구령. 다섯은 절대로 붙이지 말라는 교관의 엄포가 있었다.

이번뿐만 아니라 유격 마지막 구령은 절대로 붙이지 말아야 한다는 규율이 있다. 왜 마지막 구령은 붙이지 말아야 하는가? 그에 대해서는 더 이상 자세한 설명은 생략하는 편이 정신 건강상 좋을지도 모른다.

삐삐삑!

교관의 호루라기 소리가 '다섯'이라는 구령을 내뱉게끔 유혹하는 소리처럼 들려온다.

하지만 이도훈이 누구인가!

'절대로 구령을 붙일 수 없다!'

이를 악물며 간신히 목 언저리까지 튀어나온 '다섯'이라는 구령을 삼킨다.

다른 이들도 마찬가지. 서로가 서로의 표정을 보며 살았다고 하는 순간,

"다스어엇!!"

"……!!"

꼭 한 명씩 있다. 마지막 구령은 절대로 붙이지 말라고 했건만, 이렇게 꼭 이단자가 튀어나오는 게 바로 유격장의 묘미 아니겠는가.

"누가 구령 붙이라고 했나!!"

교관의 불호령이 재차 떨어진다. 마치 사자후를 연상케 하

는 매서운 목소리에 병사들이 깨갱 나가떨어질 정도이다.

그 와중에도 올빼미들의 동공이 빠르게 회전한다.

'누구냐?!'

'누가 마지막 구령을 붙였나?!'

'어떤 씨발 놈이 외친 거냐고?!'

필사적으로 범인을 찾기 위해 돌아가는 동공에 삐질삐질 땀을 흘리는 인물이 있었다.

바로 김철수다.

"……."

도훈은 진작부터 알고 있었다. 왜냐하면 바로 옆자리가 아닌가. 철수의 우렁찬 '다섯' 구령을 듣는 순간, 도훈은 훈련이고 유격이고 뭐고 지금 당장 철수에게 덤벼들어 가젤펀치에 이어지는 보디블로우, 드리고 댐프시롤 3콤보를 선사해 주고 싶은 충동에 휩싸였다.

물론 실수는 인정한다. 사람이 어디 실수도 안 하고 살 수 있겠는가. 그까짓 구령, 붙일 수 있다. 튀어나올 수 있다. 어디까지나 사람이니까.

하지만 8번 온몸 비틀기에서는 실수를 절대로 용납할 수 없다. 설사 그게 우둔한 철수라 해도 말이다.

'이런 씨발 새끼야! 너, 나중에 보자!'

'미안하다니까 그러네.'

도훈의 압도적인 시선에 철수가 쩔쩔매며 시선을 회피한다.

잘못을 한 것은 철수도 인정하는 사실이기에 뭐라 딱히 변명거리를 찾을 수 없다.

매번 얼굴에 철판을 깔고 군 생활에 임하는 철수도 한 번의 실수에 의해 극도로 긴장할 수밖에 없었다. 더욱이 지금 도훈의 표정은 같이 입대한 이후로 처음 볼 정도로 무섭다.

8번 온몸 비틀기 한 번에 구령 한 번 붙였다고 살인이 나도 전혀 이상하지 않을 상황이 연출된다.

이게 바로 유격장의 무서움이다.

말은 단결력을 기른다고 하지만, 구령을 붙인 범인은 살아 돌아가기 힘들 정도로 많은 이의 살기를 온몸으로 버텨야 한다.

특히나 8번에서 구령을 붙이게 되면 말 그대로 역적이 된다.

유격의 무서움에 치를 떤 철수가 이번에는 조심해야겠다는 마음가짐으로 PT체조 훈련에 임한다.

"지금부터 10분간 휴식한다. 10분간 휴식!"

"10분간 휴식!"

죽을 맛인 올빼미들이 그대로 바닥에 털썩 주저앉는다.

어차피 옷은 다 진흙탕에 나뒹군 탓에 젖어 있다. 굳이 여기서 깔끔을 떨어봤자 별반 차이가 없다는 것을 깨달은 이들은 그저 자포자기의 심정으로 그대로 바닥에 앉게 된다.

"아, 씨발, 진심으로 죽겠다."

철수가 가래침을 뱉으면서 죽을상을 한다.

제아무리 뺀질이 철수라 해도 지금까지 저런 자포자기성 발언과 표정은 자제해 왔다.

하지만 PT체조는 그만큼 철수에게, 아니, 병사들에게 많은 부담과 한계를 맛보게 해준다.

세상에 이런 훈련 방식이 또 어디 있을까.

PT체조라는 것을 생각해 낸 인물에 대해 진심으로 대단하다고 생각한 철수가 머리를 긁적인다.

"이 좆같은 훈련은 언제까지 계속해야 하는 거냐?"

"오전 내내."

"진짜로?!"

"넌 훈련 일정도 못 봤냐. 오전에는 PT체조, 그리고 오후에는 장애물 넘기, 저녁에는 개인 정비."

"아, 내 인생 진짜 씨발이구만."

PT체조 하나만으로도 죽을 맛인데 여기에 오후 일정도 잡혀 있다.

먹구름이 짙어진 하늘을 올려다본 철수가 한탄 어린 표정으로 말한다.

"비는 쏟아지려면 좀 더 많이 퍼붓든가, 보슬비가 뭐냐, 보슬비가?"

"야, 인마, 비가 아무리 온다 해도 유격 훈련은 취소니 뭐니 그런 것 없다. 비가 오면 그냥 비 맞으면서 하는 거야. 유격 훈련은 취소할 수도 없고, 주어진 일정 안에 모든 코스를 다 소화해야 하니까."

"진심으로 토 나온다."

올빼미들이 서로의 고충을 털어놓는 순간,

멀찌감치 이들을 지켜보는 시선이 있었으니.

"123대대는 유격 훈련도 잘 받는구만."

"예, 그렇습니다!"

대대장이 잔뜩 굳은 얼굴로 목소리를 높여 대답한다.

병사들이 PT체조와 한창 씨름하고 있을 때, 대대장은 대대 장 나름대로 또 다른 시련과 마주하고 있다.

"좋군, 좋아. 젊음이란 바로 저래야지. 내 젊었을 때가 생 각나는구만. 허허."

호쾌한 웃음을 터뜨리며 만족스러운 미소를 짓고 있는 인 물은 다름 아닌 28사단 사단장!

아무런 통보도 없이 자주 123대대에 나타나긴 하지만, 설 마 유격장에도 모습을 드러낼 줄은 몰랐다.

'이도훈, 주목해 보겠다.'

군단장의 직접적인 명을 받은 사단장이기에 친히 유격장 까지 나타난 것이다.

하지만 잔뜩 긴장한 대대장이 사단장의 이런 속뜻을 알 리 가 없다. 그저 사단장의 위엄에 바들바들 떠는 수밖에.

오전 훈련 PT체조.

아무것도 모르던 철수는 상당히 피를 많이 본 듯이 표정이 더더욱 지쳐 보인다.

군 생활을 하면서 단 한 번도 순수하게 기쁜 표정을 짓지 않던 철수다운 표정이긴 하지만, 그렇다 해도 이번에는 좀 심하다.

특히 PT체조의 후유증일까. 20대임에도 불구하고 30대 아저씨처럼 이미 깊게 파인 주름은 참으로 불쌍하기 짝이 없다.

그렇게 한동안 계속해서 이어지는 PT체조 훈련.

비가 내리는 와중에도 멈추지 않는 열정적인 훈련에 병사들의, 아니, 올빼미들의 비명 소리는 점점 더 상승하기 시작한다.

삐삐삑!

"열네에에엣!!"

삐삐삐삐삑!

열다섯 번째 구호는 붙이지 말아야 한다.

팔 벌려 높이뛰기 동작에서 모두의 시선이 서로를 바라본다.

드디어, 드디어……

"……"

마지막 구령을 붙이지 않게 되었……

"열다스어엇!"

"이런 씨발!!"

또다시 누군가가 너무나도 우렁찬 목소리를 내며 열다섯이라는 구호를 당당하게 내뱉는다.

이번 범인은 철수가 아니다. 아무리 눈치 없기로 소문난 철수라 해도 계속해서 실수하진 않는다. 인간인 이상 반복 학습이 통하지 않을 리 없으니까 말이다.

"어떤 새끼야?!"

도둑이 제 발 저린다고 하지 않던가.

철수가 자신의 올챙이 적 생각 못하고 범인에게 거칠게 내뱉는다.

하지만 그게 또 교관의 심경을 자극하게 될 줄은 아마 철수 본인도 몰랐을 것이다.

"지금 전우의 실수를 물고 늘어질 생각인가?!"

"히익?!"

놀란 철수의 모습에도 불구하고 교관의 말이 거침없이 이어진다.

"전우의 실수는 모두의 실수! 전우의 책임은 모두의 책임! 너희 123대대는 그런 마음가짐도 없는가?!"

"아, 아닙니다!"

"대답은 뭐라고 했나!!"

"아, 아악!!"

"8번 온몸 비틀기 5회. 몇 회?"

"5회!!"

또다시 지옥이 펼쳐진다.

군대는 연대책임. 한 명이 실수하면 그 실수의 책임 분담은 한 명이 아닌 모두가 분담한다.

그게 바로 군대.

부정할 수 없는 집단 책임과 연대 의식의 산물이라고 할 수 있다.

그렇게 또다시 PT체조의 향연 속에서 빨간 모자를 쓰고 있는 조교가 유독 꼼지락거리는 철수를 바라본다.

"교육생, 똑바로 안 합니까."

"아악!!"

"대답은 똑바로 합니다! 알겠습니까!"

악이라는 대답이 아닌, 비명을 내질렀음에도 불구하고 조교는 그게 대답인 줄 착각한다.

말 그대로 악 소리 나오는 현장에 철수의 인내심이 슬슬 극에 달한다.

결국 버티지 못하고 다리를 털썩 내려놓는 철수. 조금이라도 조교의 동정심을 유발하기 위한 플레이를 해보지만…….

"교육생!"

"조, 조교님…….."

반짝반짝 빛나는 철수의 눈동자.

어찌 이리도 순수한 눈동자가 있을까. 처음 보는 사람이라면 금세 모성애, 혹은 보호본능을 일으킬 법한 그런 눈빛이었으나,

"뒤로 열외 합니다."

"조, 조교님?!"

"지금 당장 열외 합니다. 실시!"

"실시!"

잔인하고도 잔혹하게 열외라는 판정을 당해 버렸다. 후다닥 뒤로 뛰어가자 이미 자신보다도 먼저 열외를 당하고 있던 범진이 앉았다 일어섰다를 반복하며 철수를 반긴다.

"와, 왔냐, 김철수."

"……."

그다지 재회하고 싶지 않은 장소에서 만나게 된 이들은 어쩔 수 없이 같이 얼차려를 받아야 했다.

피 튀기는 PT체조 혈전을 벌이고 있던 와중에,

"교육생들의 열의가 대단하군."

"가, 감사합니다!"

대대장이 잔뜩 얼어붙은 표정으로 사단장의 칭찬에 거수경례를 한다.

"하지만 말이야, 저렇게 고생만 하게 만드는 건 교육 참여의 열의가 별로 샘솟지 않을 거 같은데."

"……?"

"그래서 내가 한 가지 제안을 할까 하는데, 들어보겠는가?"

"사단장님의 말씀이시라면 지금 당장 실행하도록 하겠습니다!"

"허허, 이 사람이. 아직 말도 안 했는데 벌써부터 결정하고, 성급하구만."

사단장이 가볍게 대대장의 어깨를 토닥여 주자, 대대장이 마른침을 꿀꺽 삼킨다.

예상치 못한 사단장의 계획.

그것은 병사들에게 있어선 좋은 동기 부여가 될지도 모르지만, 다른 의미로 표현하자면 경쟁에 과열을 붙이는 꼴이 될지도 모른다.

한동안 피 튀기는 PT체조가 펼쳐지고 난 이후,

점심을 기다리며 배고파 할 적정 시기라 할 수 있는 오전 11시 30분이 되어서야 PT체조는 일단락이 되었다.

하지만 뒤이어 이들을 기다리고 있는 것은 폭탄급 존재의 등장이었으니.

"부대, 차렷!"

검은 교관모를 쓴 교관의 말에 일동 굳은 표정으로 단상을 올려다본다.

별의 강림!

이름하야 투 스타 사단장!

"자네들의 훈련 열의는 이 사단장이 뒤에서 충분히 지켜봤네."

먼저 올빼미들의 훈련 태도 칭찬을 서두로 사단장이 본격적으로 자신이 하고자 하는 말을 전하기 위해 더욱더 목청을 높인다.

"마냥 훈련만 받으면 자네들의 노고에 딱히 보상할 수단이 없을 거 같아서 이 사단장이 직접 '유격왕'을 뽑도록 하겠네!"

유격왕!

그것은 유격에서 가장 우수한 성적을 거둔 자에게 주어지는 칭호이며, 조교모와 함께 4박 5일이라는 특별포상휴가를 주겠다는 사단장의 부연 설명이 뒤를 잇는다.

"만약 유격왕을 차지하는 자에게는 내가 친히 포상휴가를 줄뿐더러, 특별한 상을 또 하나 주겠다."

사단장의 말에 모두가 웅성거리기 시작한다.

포상휴가만으로도 이미 충분한 값어치를 하고 있는데, 그 이상 가는 포상이 또 무엇이 있을까.

설마 9박 10일 휴가?

사단장의 권한이라면 충분히 가능하고도 남는다.

막연히 또 다른 포상휴가란 생각을 품은 병사들의 눈빛이 빛나기 시작한다.

특히나 그중에서도 가장 눈빛을 빛내고 있는 인물은 바로…….

'포상휴가! 드디어 왔구나, 포상 휴가!!'

요즘 좀처럼 포상휴가에 대한 기회를 잡을 수 없어 안타까워하던 도훈에게 있어서는 절호의 찬스가 온 셈이다.

사단장 대표 오대기 검열 때 좋은 성적을 거두긴 했지만, 솔직히 그건 군단장이 기습적으로 퇴근을 하고 건 오대기 비상이었기에 비공식으로 처리되다시피 했다.

물론 검열 성적은 우수함을 인정받았다. 하지만 포상휴가에 관해서는 흐지부지되어 버린 것이다.

그렇다고 대대장에게 가서 '나 오대기 검열 잘 받았으니 포상휴가 내놔라' 라고 할 수도 없는 노릇 아닌가. 공은 인정한다만 그 공을 적극적으로 요구할 만큼 도훈의 입장은 그리 높지 않은 편이다.

하지만 이번에는 당당하게 요구할 수 있다.

유격왕이 되면 포상휴가가 절로 따라오니까 말이다.

'오랜만에 포상휴가 사냥이나 한번 나서볼까!'

군대 마스터라 불리는 도훈이 유격왕을 진심으로 노린다면 어떻게 될까.

하지만 도훈의 이런 의욕과 마찬가지로 또 다른 이 역시 의욕을 불태우고 있었다.

'포상휴가라······.'

그는 바로 남우성.

둘포에서 병사포반장이기도 하며 몸 쓰는 일에는 절대적인 우위를 차지하고 있는 인물이기도 하다.

한 가지 단점이 있다면 성 소수자라는 점일까.

'오랜만에 노릴 만한 목표가 생겼군!'

남자의 엉덩이 이후로 목표가 생긴 남우성의 눈빛 역시도 도훈 못지않게 광채를 내뿜는다.

유격왕 시스템을 발표한 사단장이 단상에서 내려오자 대대장이 궁금증을 참지 못하고 묻는다.

"저기··· 사단장님."

"무슨 일인가?"

"특별포상이라는 것은 대체······."

"아, 그건 자네가 신경 쓸 거 없어."

대대장에게도 비밀을 유지한다. 도대체 어떤 것일까 곰곰이 생각해 보는 대대장이었으나, 사단장의 생각을 앞서나가려는 시도 자체가 이미 그에게 있어서는 정신건강상 커다란 위기를 초래할지도 모르기 때문에 금세 접는다.

한편, 유격왕 포상휴가를 발표하면서 슬쩍 도훈의 표정을 본 사단장은 아주 만족스러운 미소를 짓고 있다.

"이번에는 힘들게야, 이도훈."

군단장의 지시를 받아 이도훈을 포섭하라고 특별 명령을 받은 사단장으로서는 도훈을 좀 더 시험하고 싶었다.

그리고 좀 더 단련하고 싶었다.

일병 주제에 유격왕을 차지하게 되면 그만큼 위상이 높아진다.

물론 군인으로서의 위상이 높아진다는 의미가 아니다. 사병 중에서 가장 유격을 뛰어난 성적을 거둔 자라는 징표이기에 같은 사병들끼리도 도훈을 쉽사리 무시할 수 없는 분위기가 형성될 것이다.

지금도 충분히 훈련소에서의 수류탄 사건과 더불어 월북자 체포 사건 등등 도훈이 이룬 업적은 간부조차도 넘볼 수 없을 정도이다.

하지만 자고로 군인이란, 그리고 군 간부란 같은 간부로부터 존경과 충성을 받는 게 아닌 가장 밑바닥에 있는 사병들에게도 존경 받을 수 있는 자여야만 한다.

그 사실을 가장 잘 알고 있는 인물이 바로 군단장.

소위 시절 밑바닥에서부터 출발해 군단장이라는 지위까지 오른 자다.

그의 생각이 곧 군인으로서의 모범적인 생각이라 해도 전혀 부족함이 없을 것이다.

적어도 사단장은 그렇게 믿고 있었다.

점심 식사를 하는 도중에도 도훈은 속으로 유격왕이 될 생각밖에 하지 못했다.

'PT체조에서는 별도로 가산점을 딸 수 없다. 나머지는⋯ 유격 코스를 돌면서 우수한 성적을 거두는 것인가.'

그렇다고 한들 PT체조 일정에서도 잦은 열외를 보이면 교관과 조교들에게 열등생이라는 도장을 찍힐 수 있다. 어디까지나 적당히 체력을 유지하면서 유격 훈련을 받아야 한다.

하지만 도훈이 이런 방도를 내세운다 해도 123대대에는 유격왕을 노릴 만한 인재가 많다.

같은 분대에서도 범진과 한수가 있지 않은가.

"김범진 병장님."

"왜?"

"혹시⋯ 유격왕을 노리고 계십니까?"

직접적으로 질문을 던지는 도훈이다.

그러나 범진은 대놓고 이렇게 말했다.

"포상휴가 하나 때문에 이번 유격에 목숨 걸고 임할 생각은 없으니까 너무 걱정하지 마라, 이도훈."

"그, 그렇습니까?"

"그래, 인마. 이제 나도 병장인데 차라리 몸 건강히 전역하고 싶다. 이런 일로 부상 같은 건 당하고 싶지 않아."

이런 식으로 말하며 미리 포기 선언을 한다.

하지만 한수는 다르다.

"유격왕이라……. 나쁘지 않을 거 같은데?"

"한수 일병님, 혹시 노리고 계시는 겁니까?"

"나라고 노리지 말라는 법은 없지."

"……."

"선의의 경쟁을 한번 해보자, 이도훈."

"…예."

귀찮은 경쟁 상대가 끼어들고 말았다.

한수는 도훈이 인정하는 몇 안 되는 A급 병사다.

얼마 전까지만 하더라도 병사 신분이던 우매한을 제외하고는 한수만큼 밸런스형 병사도 찾아보기 힘들었다.

센스 있고, 운동도 잘하고, 근성도 있다.

선임이라면 이런 후임을 좋아하지 않을 이유가 없다.

'난감하군.'

난이도 높은 인물의 등장에 도훈의 머릿속이 복잡해지기 시작한다.

그렇다고 해도 유격왕을 양보할 생각은 추호도 없다.

문제가 있다면 경쟁자가 한수로 끝날 게 아니라는 것이다.

'다음은 누가 있을까.'

도훈의 뇌세포들이 자연스럽게 경쟁자들을 추리기 시작한다.

역시 둘포포반장인 남우성을 빼놓을 수 없다. 마음만 먹으면 유격왕은 가볍게 차지할 수 있는 그니까 말이다.

지금 당장 떠오르는 인물은 한수와 남우성 둘뿐.

'어려운 훈련이 되겠어!'

유격왕을 향한 도훈의 집념은 마치 꺼지지 않는 불길과도 같이 활활 타오르기 시작했다.

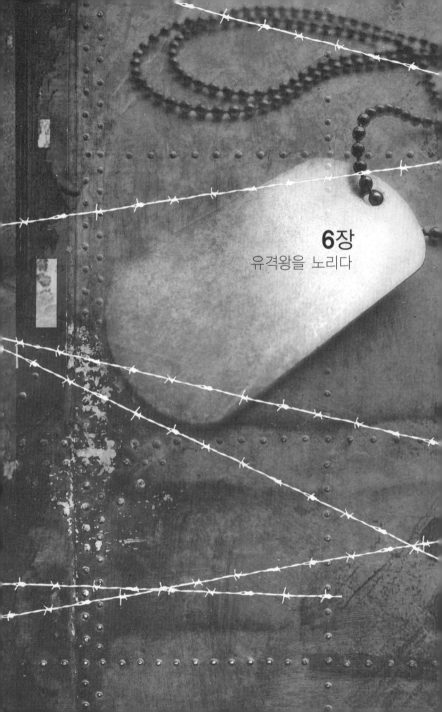

6장
유격왕을 노리다

폭풍 같은 PT체조가 끝나고 난 이후.

유격 훈련 2일 차에 접어든 이들로서는 드디어 본격적인 유격이라 할 수 있는 유격 코스 돌기 시간이 마련되어 있었다.

하지만 코스를 가는 길 자체만으로도 쉬운 게 아니었으니.

"목소리가 왜 이리 작습니까!"

빨간 모자를 쓴 조교의 우렁찬 외침과 함께 또다시 우왕좌왕하기 시작하는 올빼미들. 조교의 불호령이 이들의 정신을 또다시 번쩍 차리게 만든다.

"지금부터 유격 코스장까지 오리걸음으로 갑니다. 알겠습니까?"

"악……!"

"목소리가 작습니다!!"

"악!!"

하나포 분대원이 소속되어 있는 A조는 훈련이 시작되자마자 오리걸음부터 하게 되었다.

게다가 유격 코스는 하나같이 전부 다 산행 길. 가파른 비탈길을 오리걸음으로 뒤뚱뒤뚱 걸으니 종아리, 허벅지, 발목, 아킬레스건 등이 아름다운 하모니를 뽐내며 비명 합창을 내지르기 시작한다.

한참을 그렇게 헉헉거리며 유격 코스 첫 번째 난관에 도착한 이들.

"이건……!"

철수도 이번 유격 코스는 잘 알겠다는 듯 느낌표를 새긴다. TV에서 많이 보던 바로 그 코스!

외줄을 잡고 바닥에 있는 진흙탕을 건너는 간단한 원리로 만들어진 코스다. 보기에는 매우 쉬워 보일지 모르지만, 몸을 뒤로 누운 채로 다리를 들어 건너야 하는 자세를 유지해야 하며 복근의 힘을 꽤나 많이 요구하는 훈련이기도 하다.

초심자는 당연한 말일지도 모르겠지만 매우 쉽게 보일지도 모른다.

물론 그 초심자에는 철수도 포함되어 있다.

"누워서 떡 먹기구만."

"떡 먹기는 개뿔."

도훈이 철수의 옆구리를 쿡 찌르며 이상한 말 내뱉지 말라고 경고한다.

군대 마스터인 도훈도 처음 저 유격 코스 시도에서 진흙탕에 빠진 경험이 있다. 두 번째 유격에서는 나름 노하우를 터득해서 성공하긴 했지만 지금은 성공할지 실패할지 모른다.

노하우는 있지만, 도훈이 알고 있는 이론만큼 자신의 복근이 버텨줄지 모르기 때문이다.

하지만 성공해야 한다!

왜냐하면 그는 유격왕을 노리고 있으니까!

"반갑습니다, 여러분."

진흙탕 코스에서 기다리고 있던 빨간 모자 조교가 살짝 고개를 들며 말한다.

매서워 보이는 눈빛, 다부진 체격.

남우성급 체격을 자랑하는 우람한 모습에 순간 교육생들이 움찔한다. 키는 거의 범진과 비슷하기에 평범한 키를 가진 이들은 저 조교를 올려다봐야 할 정도이다.

"본 조교는 '진흙탕의 이글'이라 불리는 조교입니다. 알겠습니까?"

"풋."

순간 웃음을 터뜨린 철수.

세상에, 진흙탕의 이글이 무엇인가. 도대체 누가 붙여준 별명이기에 저런 최악의 네이밍 센스를 자랑하는지 모르겠다. 이도훈급 네이밍 센스를 자랑하는 누군가가 붙여준 게 아닐까 추측하지만, 실제로 만난 적이 없는 관계로 확신할 수는 없다.

하지만 확신할 수 있는 것은 한 가지.

별명이 매우 구리다.

그 탓에 범진과 재수, 한수도 아슬아슬하게 웃음을 참고 있다.

이들의 표정 때문에 이글 조교의 눈빛이 더더욱 이글이글 타오르기 시작한다.

"지금 웃은 올빼미 누구입니까?!"

"……."

"조교가 셋을 셀 동안 나오자 않는다면 전원 얼차려 부여하겠습니다! 알겠습니까!"

"악!"

"셋! 둘!"

모두가 눈치를 살피던 와중에 범진이 철수의 등을 떠민다.

무게중심을 잃고 앞으로 자진납세(?)한 철수가 이글 조교의 앞에 졸지에 마주 서게 되는데.

"124번 올빼미입니까?"

"아, 악!"

떠밀려 나오기는 했지만, 그래도 웃은 건 부정할 수 없는 사실. 나중에 범진에게 진탕 억울함을 호소할 생각이지만 그래도 양심에는 충실하게 임하자.

"124번 올빼미, PT체조 3번 준비합니다! 알겠습니까?"

"악!"

"10회! 몇 회?"

"10회!!"

"목소리가 작습니다. 15회! 몇 회?"

"15회!!"

"15회 시작!"

"악!"

졸지에 PT체조 얼차려를 받게 된 철수를 뒤로하고 이글 조교가 천천히 밧줄을 잡는다.

"지금부터 본 조교가 유격 코스에 대해 시범을 보이도록 하겠습니다! 알겠습니까?"

"악!"

숙달된 조교의 시범을 눈여겨보기 위해 올빼미들의 눈빛이 초롱초롱하게 변한다.

"0번 조교, 도하 준비 끝!"

"도하!"

"도하!"

맞은편 조교의 외침을 복명복창하며 그대로 밧줄에 몸을

의지하며 진흙탕을 건넌다.

몸은 정확히 L자 형이 되도록 유지하며 진흙탕에 발이 닿지 않게끔 하는 것이 주 포인트.

완벽한 자세와 더불어 완벽한 도하에 올빼미들이 열띤 박수를 보낸다.

"이와 같이 하면 됩니다. 그럼 가장 먼저 123번 올빼미."

"악!"

설마 첫 번째로 지목당할 줄은 몰랐는지 도훈이 순간 당황했지만, 이내 침착한 반응을 보이며 밧줄을 잡는다.

"123번 올빼미, 도하 준비 끝!"

"도하!"

이글 조교의 외침과 함께 도훈이 밧줄을 잡고 몸을 L자 형을 유지한다.

역시 경험자라고 할까. 별다른 어려움 없이 깔끔하게 통과. 도훈의 모습을 지켜보던 조교 중 한 명이 체크 판에 뭔가를 메모하기 시작한다.

저게 바로 이번 유격왕 선발 성적 측정 판일 터.

사단장의 특별 지시이기 때문에 평소 유격왕 선발보다도 훨씬 더 엄선해서 뽑을 생각인지 측정을 전문으로 담당할 조교들을 따로 배치한 것으로 보인다.

깔끔하게 코스를 통과하고 돌아오자 역시 이도훈이라며 A조 인원이 박수를 친다.

다음으로 시작된 순번.

철수는 모두의 예상대로 무참하게 진흙탕으로 돌진했으며, 운동신경이 좋은 범진조차 빠지고 말았다.

재수도 여지없이 낙하. 유일하게 성공한 인원은 한수, 그리고 같은 A조에 소속되어 있는 둘포 인원 중 남우성을 뽑을 수 있다.

총 세 명이 합격. A조의 성적을 지켜보고 있던 이글 조교가 의외라는 표정을 지어 보인다.

"본 조교가 단언하길, 이번 A조는 성적이 매우 좋은 편입니다. 알겠습니까?"

"악!"

"지금과 같은 교육 태도를 유지하고 다음 유격 코스로 향합니다."

이글 조교의 마무리 인사와 함께 근처에 있는 유격 코스를 향해 발걸음을 옮긴다.

저녁 식사를 마치고 또다시 뻥 뚫린 허름한 샤워장에서 샤워를 마친 이들.

하나포 인원은 텐트 안에서 때아닌 긴급회의를 하기 시작했다.

이름하야 '어떻게 하나포포반장의 눈을 피해 추진해 온 음식을 처리할 것인가?'라는 주제로 말이다.

"그냥 솔직하게 말하고 먹는 게 좋지 않을까?"

범진의 물음에 재수가 고개를 절레절레 흔든다.

"오늘 아침의 맛다시 때문에 그런 말을 하는 거라면 다시 생각해 볼 필요가 있을 거 같다. 맛다시와 과자, 음료는 차원이 다르니까."

"그렇다면 지금 당장 먹는 건 어떻습니까?"

이번에는 한수의 제안이었지만 그것도 역시 기각되었다.

"먹는 도중에 포반장님이 들어오시면 말짱 꽝이잖아."

"거참, 먹는 거 한번 드럽게 어렵네."

범진이 텐트 위로 드러누우며 불만을 토로한다.

기껏 추진을 해왔는데 정작 먹지는 못하다니, 세상에 이 무슨 모순된 일이란 말인가.

한참을 그렇게 고민하는 병사들이었으나, 이들과는 다른 의미로 고민하고 있는 인물이 있었다.

"잘 쉬고 있었나?"

"태풍!"

하나포반장이 트레이닝 차림으로 텐트 안에 들어오자, 마찬가지로 재수가 거수경례를 한다.

다른 포반장과 포대원들은 서로 친숙하게 지내는데, 이들은 아직까지 서먹서먹한 면이 보인다. 아니, 아주 많이 보인다.

물론 철수와 도훈은 우매한과 훈련소 시절부터 알고 지내던 사이지만, 그때는 병사와 병사의 관계였고 지금은 간부와 병사의 관계다.

'어떻게 하면 친해질 수 있을까.'

이번 기회에 병사들과 친해질 기회를 찾고 있는 우매한으로서는 꽤나 난감한 상황이다.

한편, 하나포 분대원들은 오늘도 추진은 실패인가 하는 생각을 하고 있다.

그렇게 서로가 불편한 자리가 되는 순간, 하나포 반장은 방금 전까지 상담을 받은 내역을 떠올린다.

시간은 얼마 지나지 않은 30분 전.

"하나포 분대원들과 친해지고 싶다… 는 거예요?"

"예, 전포대장님."

한창 오늘 저녁 불침번 인원을 선발하고 있던 유리아는 난데없이 상담을 요청해 온 우매한의 말에 고개를 갸우뚱한다.

왜 하필이면 그 많고 많은 사람 중에서 자신에게 상담을 요청해 온 것일까.

경험이 풍부한 행보관이라면 이해가 되겠지만, 제1포대 간부 중에서 가장 짬이 안 되는 자신에게 상담을 해온 것이 이상하다는 생각에 유리아는 자신도 모르게 오히려 역으로 질문한다.

"그런 상담을 왜 나한테……?"

"다른 분들은 뭐랄까, 말을 붙이기에는 좀 바빠 보이셔서 그렇습니다."

"아하하……."

힘없는 웃음을 지으며 유리아는 잠시나마 자신이 의지가 되는 전포대장이라는 생각이 들어서 상담을 요청해 온 것이 아닐까 하는 기대감을 여지없이 버린다.

'즉, 내가 한가해 보여서 상담을 요청한 거란 말이지?'

속으로 내심 한탄을 내뱉지만, 그래도 최대한 티는 내지 않는다.

기껏 용기를 내어 자신한테 말을 걸어온 우매한을 실망시킬 수는 없기 때문이다.

최대한 열심히 상담을 해주겠다는 결심을 하고서 우매한에게 일단 그가 고민 중인 내용을 들어보기로 한다.

잠시 고민하던 유리아가 슬쩍 운을 띄워본다.

"우선 속마음을 털어놓는 게 어때요?"

"속마음… 입니까?"

"그래요. 서로가 무슨 생각을 하는지에 대해서 시원스레 털어놓는 자리를 마련하는 거죠. 어차피 이번 유격장 숙소는 간부와 사병이 따로 취침하는 게 아닌 각 포반 담당 간부는 해당 분과 텐트에서 자는 형식이잖아요. 그러니까 이번 기회에 한번 담당 분과 인원의 속마음을 들어보는 거죠."

"과연……."

일리가 있다는 생각에 절로 고개를 끄덕이는 우매한.

사실 그는 이런 식으로 다른 이들과 속마음을 털어놓은 적이 없다.

훈련소 조교 시절에서도 자신을 드러내는 일을 싫어했기에 훈련병들에게 이별 인사조차 속 시원히 해주지 못했다.

그나마 천둥인의 밤에서 VTR을 통해 그동안의 속내를 털어놓기는 했지만, 직접 대면한 상태에서 그런 대화를 해본 적은 없다.

유리아의 말에 어느 정도 공감한 우매한이 대답한다.

"그럼 한번 해보겠습니다."

"힘내요. 결과가 좋으면 나중에 보고하고."

"예, 알겠습니다."

아무리 여성 군인이라 해도 전포대장은 전포대장이다.

계급도 유리아가 더 높고 자대 생활 짬도 유리아가 더 높다.

역시 상담을 요청한 게 정답이었다는 듯이 고개를 끄덕인 우매한은 이윽고 자신이 담당하고 있는 하나포 텐트로 향한다.

다시 시간을 되돌려서,

우매한이 오긴 했지만 여전히 대화는 이어지지 않는다.

오히려 묵언수행을 하고 있는 게 아닐까 하는 착각마저 들

정도이다.

먼저 대화의 서막을 열어야 할 인물은 누가 봐도 우매한이다. 우매한 본인도 그럴 생각이기에 이미 마음의 각오는 하고 있다.

그런데 왜 말이 먼저 떨어지지 않는 것일까.

당연한 말일지도 모르지만 이론과 실전은 다르다.

특히나 그게 사람을 대하는 일이라면 더더욱.

"……."

한참을 그렇게 침묵의 향연을 펼치고 있는 하나포 텐트.

차라리 먼저 말을 꺼낼까 고민하던 재수의 귓가에 예상치도 못한 소리가 들려온다.

"비상! 비사앙!!"

포대장의 다급한 목소리가 텐트 바깥에서 들려오기 시작한다.

무슨 일인가 싶어 황급히 텐트를 나서는 우매한이 포대장에게 묻는다.

"무슨 일이십니까, 포대장님?!"

식은땀을 줄줄 흘리는 포대장이 우매한을 보자마자 외친다.

"사단장님이… 사단장님이 사라지셨다!"

취침 시간을 채 10분도 안 남기고 벌어진 사단장 실종 사건.

전화도 그 밖의 통화 수단도 없이 사단장이 자취를 감춰 버린 것이다.

위병소의 말에 의하면 이동의 흔적은 보이지 않는다고 한다.

막사 내부를 샅샅이 찾아봤지만 사단장은 자취는 찾을 수 없었다.

상황을 가장 먼저 파악한 인물은 다름 아닌 유리아.

평소처럼 자신의 아버지를 보기 위해 사단장이 머물고 있는 방의 노크를 했지만 대답이 들려오지 않아 문을 열었다.

그리고 그곳에는 아무도 없었다.

"미치고 환장할 노릇이구만!"

도훈이 욕지거리를 내뱉으며 넓은 연병장을 뛰어다닌다.

철수와 같이 2인 1개조로 수색조를 담당하게 된 도훈의 말에 철수가 의구심이 가득한 얼굴로 내뱉는다.

"갑자기 멀쩡하던 사단장님이 왜 실종된 거야?"

"그거야……."

잠시 발걸음을 멈춘 도훈이 순간적으로 인기척을 느낀다.

철수에게는 보이지 않지만 도훈에게는 명백히 보이기 시작한 인영.

"야, 김철수."

"왜?"

"넌 저쪽에 가서 사단장님을 찾아봐라. 10분 내에 다시 이 장소에서 만나자."

"어? 어. 근데 2인 1개조로 다니라고 포대장님이 말씀하셨잖아."

"분담해서 찾는 게 더 효율적이잖아. 그리고 10분 뒤에 다시 이곳에서 만나. 계속 혼자 찾아다니자는 말도 아니니까 후딱 가라."

"…알았어."

도훈의 의도가 무엇인지 파악할 수 없었지만 그래도 다른 누구도 아닌 이도훈이 아닌가. 필히 무슨 뜻이 있겠지 생각하며 도훈이 지시한 방향으로 뛰어가기 시작한다.

"다이나, 앨리스, 트위들디."

아무도 없는 공간에서 차원관리자들을 찾는 도훈.

그러자 기다렸다는 듯이 등장한 서포터즈에게 도훈이 다급하게 외친다.

"포지션 천리안! 세 명이서 동시에!"

"알았어."

피드백의 연쇄작용임을 눈치챈 차원관리자들이 아무런 반감 없이 도훈의 명에 따른다.

그리고 얼마 뒤,

"도훈아, 이쪽으로!"

앨리스의 부름에 도훈이 바삐 움직인다.

앨리스가 도훈을 안내한 곳은 바로 이글 조교와 함께 시간을 보낸 바로 그 유격 코스 장소.

다른 것은 필요 없고 이 장소의 특징이라 한다면 바로 근처에 있는 깎아지른 듯한 절벽이다.

"설마⋯⋯!"

불안한 기운을 감지한 도훈이 절벽 밑을 살짝 내려다본다.

그와 동시에 도훈의 입가에서 절로 욕지거리가 튀어나온다.

"이런 미친, 씨발!!"

절벽 바로 아래 튀어나온 나무뿌리 위로 아슬아슬하게 걸려 있는 사단장의 모습이 시야에 들어온 것이다.

아직도 정신을 잃고 있는지 그대로 나무뿌리에 걸려 있지만, 조금이라도 움직이는 순간 나무뿌리가 끊어질 수도 있는 위험천만한 상황.

'사단장을 깨우면 안 된다!'

그런 생각이 든 도훈은 철수가 일행을 데려오기 전에 황급히 앨리스를 호출한다.

"앨리스, 네가 사단장님을 끌어올릴 수는 없어?"

"가능하지만⋯⋯."

앨리스의 말을 끊은 건 다름 아닌 오랜만에 모습을 드러낸 트위들디였다.

"그럴 수는 없어."

"어째서?"

"사단장을 찾는 것까지는 우리가 도와줄 수 있어. 하지만 지금 이 상태로 흘러간 미래에 더 이상 차원관리자가 손을 댔다간 걷잡을 수 없는 피드백이 형성될지도 몰라."

"…즉, 내의 손으로 어떻게든 극복하란 뜻이구만."

"미안하지만 그게 현실이야."

트위들디도 진심으로 미안하다는 표정을 지어 보이고 있었다.

"피드백이라는 게 진짜 좆같구만."

분노 섞인 말이 튀어나왔지만, 지금은 이런 식으로 화를 내봤자 아무런 도움이 되지 않는다.

어떻게 해서든지 사단장을 끌어올려야 한다.

고민하던 도훈의 귓가에 철수의 목소리가 들려온다.

"도훈아, 여기 밧줄하고 선임들 데려왔어."

철수의 뒤를 따라 같이 온 인원들은 하나포와 둘포 인원들, 즉 오늘 유격 코스를 같이 돌았던 A조 멤버들이다.

게다가 거기에 더해서 우매한까지 왔다.

"설마… 이 절벽에 사단장님이 계신단 말인가?"

우매한이 믿기지 않는다는 표정으로 도훈에게 대답을 재촉하지만, 우매한의 불길한 기운은 여지없이 들어맞았다.

"예, 그렇습니다."

"이런……!"

통탄을 금치 못한 우매한과 도훈의 말을 들은 것일까.

뒤이어 따라온 유리아가 다리에 힘이 빠지는지 털썩 주저 앉는다.

"말도 안 돼. 아빠……!"

유리아의 눈시울이 점차적으로 붉어진다. 이미 패닉상태 에 빠진 터라 군인으로서의 품위 유지는 둘째치고 정상적인 판단 능력조차 상실해 버린 유리아였다.

자칫 잘못하다가는 사단장이 절벽 아래로 떨어질 수도 있 었다.

위험천만한 상황에서 도훈은 선택을 강요받는다.

비록 피드백이라고는 하지만 애초에 근본적인 원인이기도 한 자신 때문에 다른 사람이 목숨을 잃는다는 건 절대로 참을 수가 없다.

사단장이 다시 정신을 차리기 전에 무슨 일이 있어도 사단 장을 다시 절벽 위로 끌어올려야 한다.

"…젠장."

가볍게 혀를 찬 도훈이 철수가 들고 있는 밧줄을 낚아챈다.

그러고서 대뜸 자신의 허리에 밧줄을 동여매는 게 아닌가.

"너, 설마……."

철수가 도훈을 바라보며 자신의 불안한 생각을 말로 내뱉 는다.

우리나라에는 이런 말이 있다.

설마가 사람 잡는다.

우매한을 똑바로 응시하며 도훈이 짧고 강하게 자신의 의도를 표명한다.

"제가 내려가겠습니다."

"이도훈……!"

우매한이 말도 안 된다는 듯이 도훈의 어깨를 강하게 움켜쥔다.

"무슨 헛소리를 하는 거냐? 돌았냐? 내려가면 죽을지도 모른다고! 아니, 개죽음이다!"

"하지만 이건 제가 해결해야 할 일입니다."

사단장은 도훈과 연관되어 있기 때문에 저런 위기 상황에 처한 것이다.

어차피 도훈에게 있어서 자신이 원인 제공자라는 사실은 변하지 않으니까 말이다.

자신이 해결해야 한다.

차원관리자들이 도움을 줄 수 없는 상황에서 도훈만이 유일한 해결자인 셈이다.

"전 무슨 일이 있어도 내려가겠습니다."

"……."

이대로 구조대가 오기만을 기다리는 것도 무리가 있었다.

나무뿌리가 언제 부러질지 모르는 상황에서 우매한은 결단을 내릴 수밖에 없다.

어차피 유리아는 패닉 상태가 되어 정상적인 판단을 내리는 게 불가능하다.

하사 계급장을 달고 얼마 되지도 않았는데 벌써부터 이런 상황을 맞이하게 되다니.

생각을 해보면 늘 이랬다.

이도훈이라는 인물과 엮이면 언제나 무언가 사건이 발생한다.

하지만 도훈은 보란 듯이 매번 그 사건을 해결하고 나섰다.

우매한은 훈련소 시절부터 도훈을 보아왔기에 그에 대한 신뢰는 상당한 편이다. 하지만 이건 지금까지 벌여온 사건과는 차원이 다르다. 목숨을 내걸어야 할지도 모르는 위험천만한 상황에서 부하를 홀로 내보낼 수는 없었다.

"김철수! 김범진!"

"예, 하나포반장님!"

"밧줄을 두 개 풀어서 나무기둥에 연결해라."

"포반장님, 설마……?!"

"나도 내려간다."

여기서 도훈이 실수한 게 바로 이거다.

우매한은 절대로 누군가가 혼자서 어깨에 모든 짐을 짊어지는 것을 보고만 있지 않는다.

자신이 힘들어질지언정 절대로 자신의 주변인에게 고스란히 피해가 가는 일을 가만히 보고 있을 인물이 아니었다.

우매한의 이런 성격을 잘 알고 있기에 도훈은 고개를 힘차게 끄덕인다.

어차피 말려봤자 죽도 밥도 안 된다. 게다가 사단장을 혼자서 끌어올리는 건 솔직히 도훈이 생각해도 바보 같은 짓이다.

차라리 우매한의 도움을 받아 안전하게 사단장을 데려오는 것이 최선 아니겠는가.

"재수, 위의 통제는 네게 맡긴다. 알겠나?"

"예, 알겠습니다!"

"분대장으로서의 책임감을 보여줘라."

우매한은 그렇게 재수에게 뒷일을 맡기고 자신도 허리에 밧줄을 동여매기 시작한다.

사단장 구출 작전.

예상치도 못한 사건에 도훈의 머릿속은 복잡할 뿐이었지만, 함께할 수 있다는 전우가 곁에 있음으로 인해서 그 생각은 말끔히 정리된다.

오로지 하나만 보고 간다.

사단장을 구한다!

"웃차!"

무게중심을 잡으며 천천히 한 걸음 한 걸음 절벽 밑으로 향해 발을 내딛는다.

몸을 ㄴ자로 유지하며 최대한 신중에 신중을 기하며 밑을 내려다본다.

도중에 밧줄이 끊어지거나 하는 그런 시네마틱한 상황은 벌어지지 않기를 기원하며 대략 5m 정도를 내려갔을까.

"포반장님!"

"……"

고개를 끄덕이며 사단장이 있는 위치까지 바짝 접근한다.

소리를 들어보니 잠을 자는 건 아니다. 아마도 절벽에 떨어져 내릴 때의 충격으로 인해 기절한 게 아닐까 싶다.

최대한 조심스럽게 사단장의 몸에 미리 가져온 밧줄 여분을 묶는다.

그와 동시에 밧줄을 도훈과 연결시켜 준다.

포반장이 사단장과 도훈의 연결 밧줄을 단단히 고정시키고 있을 무렵이다.

휘이잉!

예상치도 못한 강풍이 불어오기 시작한다.

그와 동시에 우지끈 소리를 내며 떨어지는 나무뿌리.

"윽?!"

이제부터 사단장의 무게를 이도훈 혼자서 감당해 내야 한다.

사단장은 나이가 쉰을 훌쩍 넘었어도 덩치 하나만큼은 거의 철수 급이다.

게다가 아직까지도 젊은 청년에게 완력으로 밀리지 않을

만한 정력을 자랑해 몸의 근육량 역시도 많은 편.

'생각보다 무겁다!'

물론 도훈도 사단장이 다른 평범한 사람에 비해 무게감이 많이 나갈 것은 예상했다.

하지만 이 무게감은 상상을 초월했다.

아마도 신체적인 무게와 더불어 자신이 밧줄을 놓치면 둘 다 죽을 수도 있다는 심적 부담감이 크게 작용한 것일지도 모른다.

그나마 다행인 점은 아직까지 사단장이 정신을 차리지 못하고 있다는 것일까.

심장마비라는 최악의 상황까지 생각해 보지만, 근처에 있던 익숙한 목소리가 도훈의 가설을 부정한다.

—기절해 있을 뿐이야.

앨리스의 말은 거의 확신이라 해도 무방하다. 도대체 어떤 피드백이 발생했기에 사단장이 이 지경이 되었는지에 대해 묻고 싶은 도훈이지만 지금은 사단장의 구조가 우선이다.

"갈 수 있겠나, 이도훈?"

"충분합니다!"

우매한의 말에 기운차게 답하는 이도훈.

처음 입대했을 때와는 달리 지금은 어느 정도 예전의 이도훈과 비슷한 체력을 되찾았다.

이게 다 꾸준한 운동 덕분이 아닐까.

힘줄이 불끈불끈 솟는 도훈의 팔이 천천히 자신을 포함해 사단장까지 위로 끌어올리기 시작한다.

한편 위쪽에서도 역시 도훈을 끌어올리기 위해 병사들이 한목소리로 구령을 외치며 최대한 힘을 가한다.

"천천히 구령에 맞춰서 끌어당겨라! 알겠냐?"

"알겠습니다!"

재수의 안정적인 리드.

그리고 철수와 범진을 필두로 근력파 녀석들이 하나 된 마음으로 밧줄을 당긴다.

사단장을 구해야 한다는 일념 하나로 뭉친 이들이 사단장 구출 작전을 펼치고 있다.

"하나, 둘, 셋!!"

"셋!!"

있는 힘껏 절벽에 매달린 이들을 끌어올리는 병사 일동.

그리고,

"하아! 하아!"

"잘했다, 도훈아!!"

철수가 거친 숨결을 토해내는 도훈을 끌어안는다.

아슬아슬하게 구출 작전이 성공한 것이다.

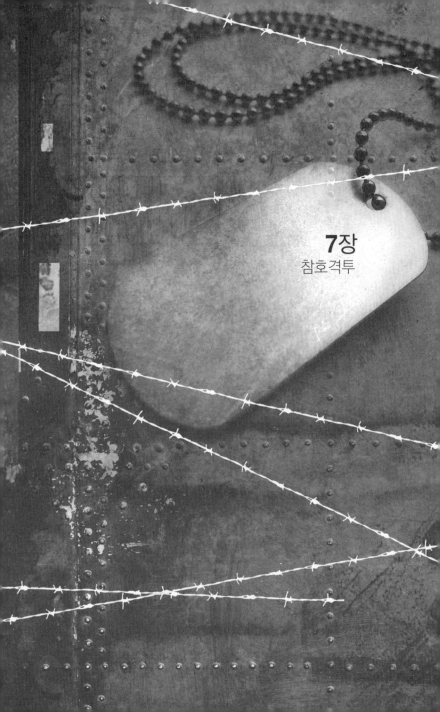

7장
참호격투

"유격대 하나!"

아침부터 유격장의 오전을 밝히는 우렁찬 소리가 병사들의 입에서 신음과 뒤섞여 분출된다.

보슬보슬 내리는 비는 어느새 뜨겁게 내리쬐는 태양 뒤로 숨어버렸고, 이들을 반기는 건 뜨거운 여름 날씨와 송골송골 새어 나오는 땀방울뿐이다.

"목소리 안 높이나!!"

검은 모자를 쓴 교관의 매몰찬 목소리에 식겁한 병사들이 재빨리 목소리를 힘껏 높인다.

어제는 사단장과 연관되어 잠시 소동이 있었지만, 오늘은 어제 있었던 일이 마치 꿈속에서 벌어졌던 일이라는 듯 조용하다.

정신을 차린 사단장은 왜 자신이 그곳에 있었는지 잘 기억이 안 났다고 했지만, 일단 모두가 무사했기에 유리아로서는 대만족이었다.

자칫 사단장과 영원한 이별을 할 뻔한 유리아로서는 얼마나 가슴 떨리는 순간이었을까.

사단장을 구한 공 역시도 이도훈과 더불어 우매한의 뛰어난 판단 능력이라는 사실이 알려지자, 사단장은 그때 당시의 정황은 잘 모르겠으나 일단 도훈이 자신의 목숨을 구한 사실 정도는 충분히 인지할 수 있었다.

"신세를 졌구만."

"아닙니다!"

사단장이 별도로 시간을 내서 도훈과 우매한에게 따로 고마움을 전했다.

바깥에서는 죽을 맛이라는 듯이 '유격대 하나!' 소리가 연이어 들려온다.

"내가 자네한테 도움을 받았는데… 뭐 마땅히 해줄 게 없으니 참으로 미안하구만."

"아닙니다, 사단장님! 전 정말로 괜찮습니다!"

이도훈은 진심으로 우러나오는 목소리로 외친다.

이미 다른 이들이 PT체조로 괴로워하는 시간에 도훈은 이렇게 사단장과의 시간을 통해서 절묘하게 PT체조 시간을 피해갈 수 있으니 도훈으로서는 대만족이다.

앞으로 어떤 피드백의 연쇄작용이 일어날지 모르겠으나, 도훈은 최대한 차원관리자들의 서포터를 약속받았고, 아직까지는 더 이상의 연쇄작용이 파악되지 않는다는 보고를 받았다.

'이것으로 좀 잠잠해지겠지.'

사단장과의 짧은 감사의 말을 전해 들은 도훈은 점심 식사 시간에 맞춰서 텐트로 돌아올 수 있었다.

"이 배신자 새끼!!"

텐트 앞에서 식사를 하고 있던 하나포 인원 중 철수가 목소리를 높여 도훈을 탓한다.

"야, 이놈아! 남들이랑 다 같이 고생했는데 왜 너만 사단장님한테 칭찬받은 거냐?!"

"그야 내가 제일 고생을 많이 했으니까."

"…젠장!"

오늘도 어지간히 조교가 많이 굴렀나 보다. 철수의 CS복이 오늘 따라 흙과 먼지로 도배되어 있는 것을 보고 도훈은 일부러 사단장과의 만남을 점심시간까지 질질 끌어낸 자신의 행동에 자화자찬을 한다.

"식사나 해라, 짜증나는 녀석아."

범진 역시도 도훈의 꾀돌이 플레이를 진작 눈치챘다는 듯이 혀를 차며 말한다.

헤헤 웃으며 미리 마련되어 있는 자신의 식판을 받아 드는 순간이다.

"태풍!"

재수가 일어나 거수경례를 하는 상대는 다름 아닌 하나포 반장 우매한이었다.

하나포 인원이 우매한의 등장에 식사를 잠시 멈추자, 우매한이 피식 웃으며 말한다.

"됐다. 이제부터 이런 격식 있는 행동은 자제해라."

"…잘 못 들었습니다!"

"나도 그렇게까지 융통성 없는 녀석은 아니다. 삼포반장님이나 통제관님처럼 유들유들한 면도 있으니까 심하게 격식 차리면서 긴장할 필요 없단 말이다. 알겠나?"

"예, 알겠습니다."

우매한이 장난식으로 한수의 어깨를 가볍게 툭 친다.

하나포 인원이 있기에 우매한은 사단장으로부터 인정받을 수 있었다.

도훈의 결심에 뒤이어 재수의 통제력, 범진과 철수, 그리고 한수의 단결력이 우매한의 목숨을 지탱해 준 것이다.

목숨을 걸고 위기를 헤쳐 온 이들의 전우애는 급격하게 상승하는 법이다.

수류탄 사건 이후로 우매한이 이도훈이라는 인물을 인정

하게 된 계기 역시도 이와 마찬가지니까.

"추진한 것 좀 내와 봐라. 오늘은 밥맛이 왜 이리도 없냐."

"아… 예, 알겠습니다!"

기다리고 있었다는 듯이 한수가 재빠르게 자신의 군장에서 참치와 맛다시를 꺼내온다.

피드백 사건이 결과적으로 나쁜 일만 선사해 준 건 아닌 것 같다는 생각이 든 도훈은 짧게 웃으며 식사에 열중하고 있다.

'지금은 유격에 집중하자. 노린다, 유격왕!'

군인에게 있어서 휴가는 참으로 중요하니까 말이다.

유격장 코스를 몇 개 돌고 있는 이들 앞에 모습을 드러낸 이글 조교가 A조를 이끌고 데려온 곳은 다름 아닌 참호격투장이다.

"반갑습니다, 여러분."

어제 직접 만나본 이글 조교가 이번에도 빨간색의 모자를 깊게 눌러쓴 채 이들에게 반갑다는 듯이 인사한다.

"굳이 본 조교가 설명하지 않아도 알겠지만, 여러분이 있는 장소는 바로 참호격투장입니다."

A조 인원이 잘 알고 있다는 듯이 고개를 끄덕인다.

유격의 꽃이라 하면 PT체조, 화생방, 그리고 참호격투 아니겠는가.

마침 그동안 유격장에 내린 비로 진흙탕물이 아주 충만하게 가득 차 있는 상태다.

그 점이 매우 마음에 드는지 이글 조교의 입가에 냉소가 걸려 있다.

"참호격투는 두 가지 형태로 진행됩니다. 우선 이 원형 참호격투장!"

이글 조교의 손이 동그랗게 파여 있는 참호격투장을 가리킨다.

오로지 동그랗게 파여 있다. 단지 그뿐, 그 외엔 아무 장치도 없다.

도훈이 기억하는 바로는 가장 단순한 참호격투 방식이며 가장 화끈하고 치열한 원형 참호격투장이다.

"대충 군대에 입대하기 전에 다들 TV를 통해서 봐서 알겠지만, 저 원형 격투장은 마지막 한 명이 살아남을 때까지 전부 바깥으로 미뤄내면 승리하는 겁니다. 알겠습니까?"

"악!"

"최후의 일인은 본 조교가 우수한 성적으로 기록하겠습니다. 원형 참호격투장 경기는 철저하게 개인전으로 딱 세 번만 합니다."

A조 인원은 총 열한 명.

둘포 인원 여섯 명과 하나포 인원 다섯 명으로 구성되어 있다.

여기서 개인전이라면 최후로 살아남을 사람은 11분의 1이라는 바늘구멍 같은 확률을 통과해야 한다는 소리다.

게다가 만약 개인전이 펼쳐지게 된다면…….

'…이런 씨발.'

개인전이라는 말은 암묵적인 동맹이 이뤄질 수도 있다는 뜻이다.

가장 강한 자를 다른 이들이 협력해서 먼저 친다. 그리고 그다음으로 강한 자를 친다.

강한 자가 살아남기 어려운 시스템이 바로 서바이벌이었다.

그리고 개인전이라는 말을 듣자마자 유독 도훈에게 몰리는 살기 어린 시선에 도훈은 스스로 위기를 직감한다.

군대 마스터란 칭호가 여기서는 안 좋게 작용하게 되는 셈이다.

"그다음으로 교육생들이 위치한 장소를 기준으로 왼쪽에 있는 것이 바로 깃발 뺏기 형태의 참호격투장입니다. 깃발 뺏기, 복명복창합니다."

"깃발 뺏기!"

"깃발 뺏기는 엄연한 팀전입니다. 전우애를 시험하고 단결력을 평가하는 그런 참호격투입니다. 깃발 뺏기는 A조 내에 있는 두 분과가 각자 팀을 나눠 진행합니다. 알겠습니까?"

"악!!"

"깃발 뺏기 경기 역시 세 번 진행합니다. 여기서 우수한 성적을 거둔 교육생에게는 '참호격투왕' 이라는 상을 내리도록 하겠습니다."

실로 단순하고 유치하기 짝이 없는 네이밍 센스지만, 그래도 참호격투왕을 차지하면 유격왕에 한 걸음 다가갈 수 있다는 뜻이다.

절대로 무시해서는 안 될 참호격투왕!

유격왕을 노리고 있는 도훈과 한수, 그리고 같은 조에 포함되어 있는 남우성으로서는 귀를 기울일 만한 가치가 있는 정보였다.

"그리고 개인 참호전에서 성적이 하위권에 머무르는 팀, 그리고 깃발 뺏기에서 패배한 팀은 본 조교가 정신 똑바로 차리라는 의미로 얼차려 부여하겠습니다. 알겠습니까?"

"악!"

승부욕을 불타오르게 만드는 이유가 하나 더 생긴 셈이다.

군이 유격왕을 노리고 있지 않은 인원에게도 절대로 성적이 하위권에 머무르면 안 된다는 동기가 부여된 상황에서 조교는 고개를 끄덕이며 말한다.

"그럼 휴식 시간 10분 뒤 우선 개인전 참호격투부터 시작합니다. 10분간 휴식!"

"10분간 휴식!"

복명복창을 마친 교육생들이 각자 자리에 앉아 휴식을 취한다.

다른 교육생 조 역시도 쉬는 시간을 만끽하고 있는 모습이다.

하지만 그와 동시에 시작된 밀담.

'야, 김철수!'

범진이 철수의 등을 쿡쿡 찌른다. 그러자 시선을 돌린 철수에게 범진이 작게 귓속말로 속삭인다.

"가장 먼저 이도훈을 친다. 알겠냐?"

"예, 당연하지 말입니다!"

"크크큭, 이럴 때 아니면 이도훈 언제 밟아보겠냐?"

범진과 철수는 벌써부터 도훈을 괴롭힐 생각에 한층 즐거운 표정을 지어 보이고 있다.

평소 범접할 수 없는 백그라운드를 지니고 있는 도훈을 합법적으로 때릴(?) 수 있는 절호의 찬스가 오게 된 것이다.

반면, 포대의 브레인이라 불리는 재수는 이 상황을 주시한다. 그의 뇌세포가 모든 밀담과 모든 상황, 그리고 정황을 파악해 가며 자신에게 유리하게 굴러갈 시나리오를 짜기 시작한다.

그 결과 그가 선택한 것은,

'이도훈!'

바로 도훈과의 연합이었다.

범진과 철수로 이뤄진 동맹 라인은 솔직히 말해서 견고하다.

힘의 상징이라 불리는 두 녀석이 힘을 합치는데 과연 누가 당해낼 수 있겠는가.

제아무리 도훈이라 할지라도 무식하게 힘만 센 녀석들을 직접 상대하는 건 어렵다. 안 그래도 주변에 도훈을 경계하는 인물들이 촉각을 세우고 있는데, 철수와 범진이 견고하게 동맹을 다지면 탈락 일 순위는 불 보듯 이도훈이 뻔하다.

그래서 재수는 머리를 굴린 것이다.

어차피 도훈이 탈락하게 되면 다음은 저 동맹에 들지 않은 자들이 차례로 위협을 당할 터. 딱히 힘이 센 것도 아닌 재수가 살아남을 수 있는 방법은 책략뿐이었다.

"이도훈."

"예, 안재수 병장님."

"이로 와봐라."

은밀하게 도훈을 부른 재수가 팔로 도훈의 목을 두른다.

"눈치 빠른 너라면 지금 이 분위기를 충분히 잘 알고 있겠지?"

"…물론입니다."

벌써부터 대이도훈 연합만 다섯 명째다.

범진의 수완이 저리도 좋았는지에 대해서는 논외로 치고, 일단 도훈의 생사(?)가 중요하기 때문에 빠르게 재수가 말을 이어간다.

"우리도 연합을 한다."

"연합 말입니까?"

"그래."

"하지만 안재수 병장님하고 제가 연합을 해봤자 별로 의미가 없는 거 아닙니까?"

"멍청한 녀석아, 한 녀석이 더 있잖아."

"……!"

그러고 보니 아직 한 놈이 남아 있다.

범진과 철수보다도 무식하게 힘이 센 인물이 바로 A조 안에 있다.

이름하야 둘포반장!

"남우성."

"상병 남우성."

"잠깐 이리 와봐라."

재수가 황급히 남우성을 호출한다.

재수보다 후임인 그이기에 존댓말을 붙이며 다가오자 재수가 빠르게 말을 내뱉는다.

"우리랑 동맹 맺을 생각 없냐?"

"동맹입니까?"

"너도 유격왕을 노리고 있잖아."

재수의 말이 남우성을 뜨끔하게 만든다.

사실 남우성은 유격왕을 노리고 있다는 사실을 아무에게도 발설하지 않았다. 군대란 자고로 눈에 띄게 나불대지 않고 그저 묻혀가는 식으로 조용히 일 처리를 하는 게 가장 효율적인 방식이라고 할 수 있다.

하지만 재수가 누구인가. 알파포대의 브레인이다.

남우성의 평소 기합, 그리고 남들의 눈에 확 띄지 않지만 은근슬쩍 상위권 성적을 유지하고 있음을 재수는 머릿속으로 전부 다 기억해 둔 것이다.

남우성은 지금까지 유격 코스에서 한 번도 실패하지 않았다.

아슬아슬하게 도훈의 바로 밑 성적을 유지하면서 도훈을 전면으로 내세우고 자신은 절대로 드러내지 않는다.

비등비등하게 점수 차이를 유지하다가 막판에 역전해서 유격왕 타이틀을 얻는다!

이게 바로 남우성의 책략.

근육질의 남성미 넘치는 모습과 다르게 남우성은 센스가 탁월한 편이다.

그것을 재수가 눈치채지 못할 리 없다.

"저쪽 연합은 한수가 있다. 한수 저 녀석도 유격왕을 노리고 있지. 만약 저들이 연합해서 너를 먼저 친다면 너도 그렇고 도훈이도 그렇고 유격왕 후보에서 멀어지는 거다. 알겠냐?"

"저들이 저를 친다는 확신은 있습니까?"

"여기서 네가 제일 강하니까."

"……."

"약자가 다수 모이게 되면 무조건 강자를 치게 되어 있다. 그건 너도 잘 알고 있을 텐데?"

남우성은 전 포대를 통틀어서 우수한 근력과 체력을 자랑하는 인물이다. 남우성이 범진 연합에 속하지 않는 한 그 역시 연합의 공격 대상이 될 것은 자명하다.

도훈이 제1순위 탈락 후보이고, 바로 2순위가 남우성이다.

재수는 이렇게 탈락 후보 1, 2순위를 모아 자신만의 연합을 만들 생각인 것이다.

'…과연 포대의 브레인.'

솔직히 도훈으로서도 이 작전은 충분히 생각할 수 있는 범주 내이다.

하지만 도훈이 실행에 옮기지 못한 것은 오로지 단 하나다.

바로 짬이 안 되기 때문이다.

일병 주제에 병장과 상병한테 가서 '우리 연합합시다' 하면 이 무슨 건방진 태도인가. 하지만 불행 중 다행히도 재수가 일찌감치 도훈과 같은 생각을 품고 있어서 이런 작전을 계획한 것이다.

벌써부터 세력전을 생각하는 재수의 안목에 도훈은 진심으로 감탄할 수밖에 없었다.

"어쨌든 남우성, 우리랑 손을 잡을 거냐, 말 거냐?"

"질문이 있습니다."

"말해봐."

아직 해결되어야 할 문제점이 남아 있기라도 한 듯이 남우성이 단호하게 묻는다.

"연합끼리 살아남을 경우엔 어떻게 합니까?"

"그건……."

재수가 미리 생각하고 있었다는 듯이 자신의 생각을 말하자, 남우성은 납득했다는 듯이 고개를 끄덕인다.

"그렇다면 제가 거절할 이유가 없을 거 같습니다."

"오케이. 이것으로 우리는 동맹이다. 알겠냐?"

"예!"

이렇게 해서 반 범진 연합이 결성,

얼차려를 피하기 위한 참호격투 개인전의 시간이 다가오게 된다.

"그럼 교육생들, 준비됐습니까?"

"예!!"

우렁찬 함성 소리가 참호격투장을 중심으로 퍼져 나간다.

만족스러운 눈으로 교육생들을 바라보는 이글 조교.

팬티 차림으로 원형 참호격투장에 발을 담근 이들은 천천히 진흙탕으로 자신의 몸을 적신다.

여름이라고는 하지만 물은 매우 차다.

그리고 더럽다.

하지만 어쩌겠는가. 이미 더러워진 몸(?)인 것을.

"그럼 시작!"

삐이이익!

이글 조교의 호루라기 소리와 함께 범진이 큰 목소리로 외친다.

"이도훈 너 이 새끼! 오늘 한번 뒈져 봐라!!"

"저한테 무슨 원한진 거라도 있습니까, 김범진 병장님?!"

"평소 사단장 파워를 등에 업고 있는 놈이 일반 사병의 서러움을 어찌 알겠냐! 안 그러냐, 김철수?!"

"지당하신 말씀입니다, 김범진 병장님!"

더 이상의 말이 통하지 않는다.

하긴 말이 통했다면 굳이 반 범진 연합에 들지도 않았을 것이다. 도훈은 이래 봬도 꾀돌이에 화술도 좋은 편이니까 말이다.

"각오해라, 이도훈!"

범진이 빠르게 도훈을 향해 파고든다. 운동신경이 좋은 범진이지만, 도훈도 평범한 운동신경은 이제 지난 지 오래다.

"웃!"

아슬아슬하게 범진의 돌진 공격을 회피하는 데 성공했지만, 후속타가 전력으로 질주해 온다.

"아직 내가 남았다!!"

산만 한 덩치를 이끌고 돌격해 오는 김철수.

철수의 공격까지는 예상하지 못한 도훈이나 달려오는 철수를 그대로 맞이할 준비를 한다.

무릎을 살짝 굽혀 무게중심을 최대한 앞으로 싣는다. 그리고 철수의 양어깨를 잡는 순간!

퍼어어억!!

남자들의 어깨 마찰 소리가 울려 퍼지기 시작한다.

도훈과 철수의 격돌!

훈련소 때부터 이어져 온 인연이자 악연이 참호격투장에서 맞부딪친 것이다.

힘의 김철수, 그리고 기교의 이도훈.

"짜식, 제법 운동 좀 했나 본데?!"

도훈이 혀를 차며 말하자 철수가 피식 웃으며 말한다.

"예전의 내가 아니지!"

마치 성난 황소처럼 도훈을 밀어붙인다.

조금씩 뒤로 밀리기 시작하는 도훈. 그의 잔 근육들이 온몸의 근력을 끌어모으기 시작한다.

사실 순수한 완력으로 따지면 도훈이 철수를 절대로 이기지 못한다.

그래서 도훈이 생각한 전략은 바로 장기전.

철수는 체격은 좋은 편이나 체력이 약하다.

그래서 계속 경기가 장기화될수록 녀석은 지치게 마련이다.

하지만 철수의 이런 단점을 커버해 주기 위해 존재하는 게 바로 범진 연합이다.

"미안하지만 후임이라고 안 봐준다, 이도훈!"

"……!"

빠르게 도훈의 오른쪽 다리를 걸어 넘어뜨리는 한수의 기습 공격.

철수가 순수하게 완력형이라면 한수는 도훈과 철수를 정확히 반절 섞어놓은 밸런스형이다. 체력도 좋고 기교적인 플레이에도 능하다.

그래서 한수를 A급 병사라고 부르는 것이다.

"젠장!"

혀를 차면서 최대한 일어나려 발버둥 치는 도훈이지만, 한수와 철수가 도훈의 양팔과 다리를 봉인한다.

순식간에 제압당한 도훈에게 철수가 함박웃음을 터뜨리며 말한다.

"하하하! 포기해라, 이 녀석아!"

"내가 쉽사리 포기할 줄 알았다면 큰 오산이지!"

도훈의 말과 함께 철수의 등에서 난데없이 커다란 충격이 펑 소리를 내며 퍼져간다.

"커억?!"

외마디 비명과 함께 그대로 참호격투장 벽으로 순식간에 나가떨어지는 철수.

저 거구를 누가 밀어붙일 생각을 하겠는가.

아니, 지금 상황에서 그게 가능한 인물이 딱 한 명 있다.

"남우성 상병님?!"

한수가 놀란 목소리로 외친다.

재수가 포대의 브레인이라면 남우성은 포대의 힘이다.

감히 누가 남우성을 상대로 힘으로 대적하려 하겠는가.

그리고 남우성은 다른 이들과 다르게 상당히 꺼려할 만한 치명적인 무기를 지니고 있다.

터벅터벅.

진흙탕을 헤치고 나아가는 남우성이 쓰러져 있는 철수의 등짝을 강하게 후려친다.

짜아악!

"하하하! 등짝, 등짝 좀 보자꾸나!"

"꺼어어억?!"

"이 녀석, 엉덩이가 제법 탄력적이구나!"

"나, 남우성 상병님! 성추행입니다!"

"짜식, 이건 참호격투 중 생기는 불가피한 스킨십이라는 거다! 하하하!"

"사, 살려줘!!"

계속 구석에서 철수의 몸(?)을 더듬으며 '차지구나'를 연발하는 남우성의 모습에 기겁하는 범진 연합.

그렇다. 남우성은 성 소수자. 남자를 좋아하는 녀석에게 그 누가 직접 피부와 피부를 맞대며 싸울 생각을 하겠는가.

게다가 남우성의 근력은 상상을 초월한다.

제아무리 철수가 힘이 세다 해도 남우성 앞에서는 그저 어린아이일 뿐이다.

철수가 간단히 제압당했는데 범진이라고 별수 있겠는가.

"제, 젠장! 안재수! 설마 이것도 니 책략이냐?!"

절망 어린 표정으로 재수를 바라보며 외친 범진에게 재수가 작게 웃음을 터뜨린다.

"오로지 힘만이 전쟁에서 승리를 부른다고 생각하지 마라, 아둔한 자여."

"이래서 머리만 굴리는 놈은 싫다니까! 한수야!"

범진이 빠르게 한수를 호출한다. 그러자 도훈과 대치 중이던 한수가 순식간에 범진의 곁으로 후퇴한다.

여유롭게 그 모습을 바라보던 재수가 위풍당당하게 어깨를 펴며 말한다.

"순순히 포기할 생각이냐, 김범진?"

"멍청한 녀석아, 작전상 후퇴라는 말도 모르냐?"

"과연 너희에게 남아 있는 작전이 있을까?"

해롱해롱해 이미 전투 불능에 빠진 철수를 만족스러운 미소를 지으며 참호격투장 바깥으로 던져 버린 남우성이 다가온다.

이렇게 도훈에게 반기를 들었던 철수가 가장 먼저 탈락.

하지만 범진은 자신도 이런 일이 발생할 줄 알았다는 듯이 외친다.

"남우성!"

"예, 김범진 병장님."

"우리 팀으로 들어와라!"

"…잘 못 들었습니다?"

"우리 팀으로 넘어오라고, 인마!"

"죄송합니다. 저는 이미 안재수 병장님과 계약이……."

"알았어. 그렇다면 너에게 조건을 제시하마."

그렇게 말하며 갑자기 옆에 있는 한수의 어깨에 손을 척 올려놓는다.

그러면서 말하길,

"만약 네가 우리 팀으로 온다면 한수를 마음껏 주무를 수 있게 해주마!"

"……?!"

놀란 쪽은 다름 아닌 한수. 왜 자신이 갑자기 남우성의 노리개(?)가 되어야 한단 말인가.

"이 녀석 말이다, 의외로 피부가 맨질맨질해서 만지는 재미가 있을 거라고."

"기, 김범진 병장님? 무슨 말씀을 하시는 겁니까?!"

"자, 선택해라, 남우성! 싸우느냐, 아니면 만지느냐, 그것이 문제로다!"

순간 남우성이 갈등에 휩싸인다.

마음대로 만질 수 있다.

참호격투장에서 암묵적으로 허용된 스킨십보다도 더 마음대로 만질 수 있다는 뜻이다.

그건 상당히 메리트가 있는 이야기. 남우성의 눈빛이 빛남과 동시에 결국 선택을 강요받게 된다.

"죄송합니다, 안재수 병장님!"

"이런 배신자 새끼야!"

한수를 희생양으로 남우성을 끌어온 범진 연합이 급격하게 덩치를 불리기 시작했다.

순식간에 불리해진 재수 연합.

도훈은 이대로 탈락 위기를 맞이하게 되는 것인가.

"젠장!"

혀를 차며 남우성에게 달려든 것은 도훈이 아니었다.

분명 도훈은 남우성을 적으로 돌리게 된 최악의 악수를 맞이해야 했다.

하지만 도훈보다도 더 안 좋은 악수를 맞이한 인물이 존재했으니.

"얌전히 당하고만 있을 순 없습니다!"

바로 한수.

그는 승부의 행방 앞에 놓인 불쌍한 어린 양에 불과했다.

욕지거리를 내뱉으며 빠르게 남우성의 뒤를 향해 그대로

돌진! 그러자 범진이 목소리를 높여 외친다.

"야, 인마! 뭐하는 짓이냐?!"

"김범진 병장님, 우리의 동맹은 여기까지입니다."

"뭣이?"

"저 혼자 희생당할 바에야 차라리 가능성 없는 싸움을 택하겠습니다!"

어차피 한수는 이기나 지나 진퇴양난에 빠진다. 여기서 일찌감치 탈락하면 철수와 나란히 얼차려를 받게 되고, 살아남는다 해도 남우성의 매직 핸드(?)에 유린당할 것이다.

그럴 바에야 차라리 자신의 손으로 미래를 개척하겠다는 그의 의지가 새삼스레 드러난다.

하지만 남우성이 누구인가.

"귀여운 녀석이로군."

가볍게 혀를 차면서 순식간에 한수를 들어 올린다.

돌진해 오던 한수를 그대로 한 손으로 받아 들어 참호격투장 바깥으로 패대기쳐 버리는 게 아닌가!

퍼억!

"윽?!"

그대로 멀찌감치 날려가 흙바닥과 찐한 스킨십을 나누며 한수답지 않은 성적을 거두게 된다.

철수 다음으로 탈락.

"하하하! 감히 나를 물로 보다니 건방진 녀석이로군."

남우성이 성 소수자라는 사실에 잠시 깜빡했을지 모르지만 기억해야 한다.

몸으로 하는 건 남우성을 따라잡을 수가 없음을.

제아무리 날고 기는 한수라 해도 몸으로 싸우는 참호격투장에서 별다른 힘을 발휘할 수 없었다.

실제로 조기 탈락이라는 결과물로 나왔으니 말이다.

"이제 동맹이 무의미하다고 보면 되지 않겠습니까?"

불끈불끈.

남우성의 남성미를 강조하는 근육이 춤을 춘다.

그렇다. 남우성은 처음부터 이 상황을 기다리고 있었던 것이다.

사실 참호격투장은 범진 연합 VS 재수 연합 이파전이 아니었다. 바로 남우성이라는 독보적인 존재까지 포함해서 삼파전.

이미 철수와 한수라는 양대 우수 플레이어를 잃은 범진은 잔챙이밖에 남지 않았다.

재수 연합은 힘의 상징인 남우성이 당당히 독립을 선언했다.

순간적으로 재수가 범진에게 눈빛을 쏘아 보낸다.

그러자 범진이 고개를 끄덕이며 빠르게 남우성에게 돌진한다.

"감히 병장님에게 덤빌 생각이냐, 남우성?!"

다리가 긴 범진이 성큼성큼 남우성에게 뛰어간다.

어차피 힘으로는 남우성을 대적할 수 없다. 하지만,

"둘이라면 어떨까!"

"아닛?!"

범진과 같은 시기에 입대하고 동기로서 1년 반이 넘게 호흡을 맞춰온 재수가 남우성의 뒤를 잡는다.

범진이 남우성의 앞에서 시선을 끄는 사이, 재빠르게 뒤를 제압해 남우성을 밀어낸다는 전략이다.

혼자서 힘들면 둘이서.

그게 바로 이 둘의 작전이다.

하지만 이들의 상상을 초월할 정도로 남우성의 파워는 어마어마했다.

"흐읍!!"

두꺼운 한 팔로 범진의 허리를, 그리고 다른 한 팔로는 재수의 목 언저리를 옭아맨다.

그와 동시에,

"허잇짜아아아아!!"

그대로 둘을 들어 올린다.

한 손으로, 그것도 여자도 아니고 일반 성인 남성을 아주 가볍게 들어버린 남우성이 괴성을 내지르며 차례차례 참호격투장 바깥으로 내려놓는다.

바동거리는 재수와 범진. 그래도 선임인지라 한수처럼 내

동댕이치는 대접은 하지 않는다.

삐삑—!

이글 조교의 호루라기 소리가 범진과 재수의 탈락을 선언한다.

순식간에 세 명의 탈락자를 직접 배출해 낸 남우성이 승리의 미소를 지으려는 순간,

"어설픕니다, 남우성 상병님."

"설마……!"

낯선 이가 남우성의 허리를 양손으로 감싼다.

남자의 뒤를 잡아본 경험은 있지만 설마 자신이 뒤를 잡힐 줄이야!

신선한 충격에 휩싸인 남우성이지만, 동시에 하반신에 힘이 들어가는 이상한 기분마저 든다.

"저를 잊으면 곤란합니다!"

"이도훈인가!"

유격왕을 노리고 있는 도훈이 지금의 기회를 그대로 날릴 리가 없다.

기다리고 있었다는 듯이 남우성의 허리를 잡고 자신의 허리를 뒤로 꺾는다.

이름하야 백드롭(Back drop)!

"우랴아아아아압!!"

남우성이라는 거대한 덩치를 뒤로 젖히는 도훈이 있는 힘

을 다하여 자신의 모든 체력을 쏟아낸다.

어차피 여기서 이기면 된다.

개인전에서 이기면 모든 게 끝!

쿠웅―!

바로 벽 근처에서 백드롭을 시전한 도훈이 남우성의 두 발이 공중에 너풀거릴 무렵, 그대로 양손을 놓으며 남우성을 경기장 바깥으로 내던진다.

육중한 남성의 몸체가 흙바닥에 충돌하는 소리와 함께 이글 조교의 휘슬 소리가 울려 퍼진다.

남우성의 탈락!

설마 그 누구도 상상하지 못한 일을 도훈이 성공한 것이다.

"으하하하하!"

자신감에 넘친 도훈이 그대로 무릎을 꿇고 두 손을 번쩍 위로 치켜 올린다.

개인전 1회전 우승!

이게 바로 남자 이도훈이 아니겠는가!

그 뒤로 시작된 개인전 경기.

하지만 이미 첫 번째 경기에서 모든 책략과 체력을 쏟아부은 두 팀이기에 어영부영하다가 두 번째 경기는 한수의 우승, 그리고 세 번째는 남우성의 우승으로 마무리가 되었다.

"결국 유격왕을 노리는 세 녀석이 나란히 1등이란 말이지."

정작 연합 세력전을 유도한 재수도, 그리고 반 이도훈 연합 진을 구성한 범진은 조기 탈락의 아픔을 맛보며 3연속 얼차려를 맛봐야만 했다.

이글 조교와의 아름다운 얼차려 데이트를 마치고 찾아온 쉬는 시간.

진흙탕에서 계속 시간을 보낸 이들인지라 매우 찝찝한 기분이 들지만 그래도 덥지는 않다.

"물 가져왔습니다."

"오, 땡큐."

도훈의 배려에 A조 인원이 제각각 시원한 생수를 들이켠다.

물을 받아 든 남우성이 도훈을 향해 시원스레 웃으며 말한다.

"아까 그 백 드롭 공격, 좋았다."

"감사합니다!"

"특히나 나에게 바텀의 기분을 느끼게 해준 너의 그 공격은 매우 칭찬할 만했다."

"…그건 별로 감사하지 않습니다."

칭찬인지 아니면 욕인지 구분이 불가능한 말을 내뱉는 남우성에게 그것만은 사양한다고 고개를 절레절레 흔드는 도훈.

뒤이어 기다리고 있었다는 듯 이글 조교가 모습을 드러낸다.

"참호격투 개인전, 재미있게 했습니까?"

"예!"

"그럼 지금부터 팀전을 설명하도록 하겠습니다. 설명 잘 들도록 합니다."

이글 조교가 모두의 시선을 모으며 설명에 임한다.

"깃발 뺏기는 아주 간단합니다. 상대방의 진영에 있는 깃발을 빼앗아 뽑으면 됩니다. 각 진영으로 가는 길은 오로지 외길뿐이며, 하나포와 둘포로 나눠 게임을 시작합니다."

손목시계를 바라보던 이글 조교가 뒤이어 설명에 임한다.

"본래 깃발 뺏기 역시도 개인전처럼 세 경기를 치르려 했으나 시간 관계상 한 경기만 실시하도록 합니다. 여기서 이긴 팀은 휴식을, 그리고 진 팀은 텐트장까지 오리걸음으로 걸어갑니다. 알겠습니까?"

"악!!"

참호격투장에서 텐트장까지의 거리는 꽤 된다.

오리걸음으로 가게 된다면 다음 날 종아리에 알배는 마법을 경험하리라.

가뜩이나 유격 훈련 마지막 날의 복귀 행군을 앞두고 있는데, 여기서 괜히 알배게 된다면 복귀 행군을 장담할 수 없다.

어떻게 해서든 이겨야 한다.

하나포 VS 둘포 대전을 앞두고 재수는 하나포 인원들을 소집했다.

"내가 이길 수 있는 필살의 작전을 생각해 냈다."

"역시 포대의 브레인!"

범진이 그럴 줄 알았다며 재수의 등짝을 후려친다.

짜악 소리와 함께 그대로 범진의 손바닥 자국이 재수의 등에 빨갛게 새겨진다.

이걸 확 한 대 후려칠까 말까 하는 갈등에 잠시 휩싸인 재수였지만, 지금은 우선 팀전에서 우승하는 게 목표이기에 잠시 충동을 가라앉힌다.

"남우성을 제압한다!"

"…그거야 기본 아닙니까, 안재수 병장님?"

한수도 알고 있다는 듯이 대답하지만, 재수는 고래를 절레절레 흔든다.

"어떻게 제압할 건데?"

"그거야……."

한수는 마땅한 방법이 떠오르지 않는다.

운동신경이 좋은 한수를 별다른 어려움 없이 날려 보내고, 범진과 재수를 한꺼번에 번쩍 들어 올린 괴력의 사나이다.

물론 도훈이 백드롭으로 남우성을 날리긴 했으나, 그건 범진과 재수가 남우성의 체력과 신경을 빼앗았기에 그 빈틈을 파고들어 가능했던 일이다.

만약에 남우성이 평소의 컨디션이었다면 도훈의 기습은 절대로 통하지 않았을 것이다.

저 남자를 쓰러뜨릴 수 있는 방법이 있기는 할까. 서로 침을 삼킬 무렵, 재수가 슬며시 작전을 제안한다.

"김철수!"

"예!"

"네 역할이 아주 중요하다."

"……?"

재수가 철수의 어깨에 손을 올려놓는다.

그리고 최대한 둘포에게 들리지 않게끔 속삭이자,

"절대로 안 합니다!"

기겁하며 재수의 말에 곧장 반박을 가한다.

"아니, 아무리 생각해도 상식선에서 보자면 이상한 거 아닙니까? 그것보다 제 정신적인 타격은 아무래도 좋은 겁니까?! 아무리 오리걸음으로 하산하는 게 싫다고 하지만 그건 절대로 못하겠습니다!"

"잘 들어라, 김철수. 여긴 군대다. 전우를 위해서라면 자신을 희생해서 다수를 살리는 쪽으로 가야 하지 않겠냐?"

"그게 무슨 전우애입니까? 오히려 전우애라면 저만 죽이려고 생각하지 말고 다 같이 살아야 할 길을 마련해야 하는 게 분대장으로서의 할 일 아닙니까?!"

김철수의 말발이 언제부터 이렇게 화려했던 것일까.

청산유수같이 흘러나오는 철수의 말에 범진이 혀를 내두른다.

매번 어벙하기만 한 녀석이 이 정도까지 반박할 줄이야. 어지간히 재수의 작전이 싫은 모양인가 보다.

하긴 범진도 만약 철수를 대신하라는 소리를 들었다면 똑같은 반응을 보였을 것이다. 아니, 도망쳤을지도 모른다.

"김철수!"

"⋯⋯."

결국 이런 최후의 방법은 쓰기 싫다는 듯한 표정을 지어 보이며 재수가 단호하게 말한다.

"이건 분대장으로서의 명령이다."

"⋯⋯."

이제 철수가 도망칠 길은 완벽히 차단된 셈이다.

경기 시작을 위해 참호격투장에 다시 들어오기 시작한 인원들.

하나둘씩 흙탕물을 자신의 몸에 적시기 시작한다.

이제 슬슬 저녁이 다가오기 시작했기에 날씨가 제법 쌀쌀했지만, 이들의 전투 의지는 아직도 활활 불타오르고 있었다.

특히나 가장 불타오르는 것은 바로 남우성.

"아그들아, 둘포의 위력을 보여주자!"

"악!!"

제1포대에서 가장 단결력이 좋다는 평가를 받고 있는 둘포 인원이 우렁차게 함성을 내지른다.

이에 질세라 재수도 하나포 인원에게 함성을 유도한다.

"저 새끼들, 다 조져 버려!!"

"악!!"

기세 싸움에서 절대로 밀리지 않는 함성 소리를 뚫고 이글 조교의 호루라기 소리가 들린다.

최전방에 당당히 서 있는 남우성, 그리고 그를 상대로 마주 선 철수.

"네가 나의 상대냐?"

남우성이 싱긋 웃으며 말하자 철수가 부들부들 떤다.

하지만 그와 동시에 재수에게 받은 특명을 떠올린다.

'군대… 이런 씨발 좆같은!!'

속으로 욕지거리를 내뱉으며 머리를 거칠게 긁어댄 철수가 갑자기 자신의 팔로 본인의 상반신을 더듬기 시작한다.

상당히 끈적끈적한 손길. 게다가 살짝 혀를 내밀며 윙크(?)까지 하는 게 아닌가.

그러면서 하는 말,

"오늘… 저 한가합니다."

그렇다!

안재수가 생각한 작전, 이름하야 미인계!

남우성에게는 여성의 색기가 통하지 않는다. 하지만 남자의 색기는 통한다. 그래서 생각한 것이 바로 철수를 내세운 미인계(?) 작전이다.

철수의 미인계!

재수가 생각했지만, 정말 기상천외한 작전이 아닌가 싶다.

아니, 어떤 의미로는 정신적인 타격을 아주 손쉽게 선사해 줄 만한 그런 공격. 만약 성 소수자가 아니라 평범한 사람이 봤으면 철수의 안면에 주먹을 한 대 갈겼을 게 틀림없다.

'통한다. 반드시 통한다.'

남우성이 좋아하는 이상형은 바로 자신과 같은 체격 좋은 남성.

여기에서 체격이 가장 좋은 인물은 바로 철수가 아닌가.

몸을 배배 꼬면서 남우성을 유혹(?)하기 시작한 김철수. 속으로는 피눈물을 흘리고 있지만, 그래도 상관의 명령에 절대 복종해야 하는 게 바로 부하의 도리이다.

'버텨라! 버텨야 한다!'

여기서 철수가 남우성을 해롱해롱하게 만든다면 승리는 하나포의 것!

하지만,

"저리 꺼져라."

"꾸웩?!"

가볍게 발로 차버리는 남우성의 발길질 공격에 철수가 그대로 나가떨어진다.

순간 놀란 재수가 있을 수 없는 일이라는 듯이 외친다.

"아니, 남우성이 남자의 손길을 거부하다니?!"

"저를 너무 물로 보신 거 같습니다, 안재수 병장님."

우둑거리며 근육을 불끈불끈 내세우는 남우성. 분명 재수의 입장에서는 거의 90% 이상 먹힐 만한 공격이었다.

하지만 통하지 않았다. 이유가 뭘까? 이 작전이 실패할 확률은 거의 제로에 가까웠다.

이상하다.

그러나 재수가 고민할 시간도 주지 않고 빠르게 남우성이 치고 들어온다.

"이런 젠장!"

탱크의 돌격이 바로 이런 것일까.

물론 이들은 155㎜ 견인곡사포지만 자주포도 자주 보았다.

최신형 K−9의 돌진이 남우성의 돌진보다 무섭지는 않을 것이다. 거친 남자의 어깨치기에 재수가 엉덩방아를 찧으며 순식간에 뒤로 밀려난다.

그와 동시에 이번에는 범진과 한수가 막아선다.

"지나가게 할 수는 없지!"

"비키시지 않으면 다칠지도 모릅니다, 김범진 병장님!"

"이 자식이 감히 병장을 워터로 봐? 덤벼봐라!"

"그럼 봐주지 않겠습니다!"

남우성의 돌진은 매우 매섭다. 한수와 범진 둘이 막아섰음에도 불구하고 뒤로 밀리는데 그 위력은 차마 말로 표현할 수 없을 정도이다.

말 그대로 경악!

힘의 상징인 남우성이 있는 힘껏 밀어붙이자 범진과 한수는 바동거릴 수밖에 없었다.

"둘포, 돌격이다!"

"오오오오오!!"

우성의 지시에 둘포 인원이 재빠르게 하나포 진영으로 들어오기 위해 밀어붙인다.

어쩐다?

이대로 가다가는 하나포 진영이 함락당하게 된다. 그렇게 되면 여지없이 하나포의 패배!

여기서 남우성에게 유격왕을 빼앗기게 가만 놔둘 수는 없다.

"한수 일병님!"

도훈이 뒤에서 소리치자, 한수가 살짝 고개를 돌린다.

그러자 도훈이 알 수 없는 눈빛을 하자, 한수가 순간 도훈이 의도하고자 하는 것이 무엇인지를 깨닫는다.

"김범진 병장님, 잠시 혼자서 감당해 주시기 바랍니다!"

"뭐, 인마?! 이 인원을 나 혼자서 어떻게 하라는 거야?!"

남우성이 선두에, 그리고 뒤에 있는 둘포 인원이 외골목을 가득 채운 채로 있는 힘껏 밀어붙이고 있다.

앞의 시야는 어차피 보이지 않는다.

도훈이 노리는 것이 바로 그것이다.

"갑니다!"

"자, 와라, 이도훈!"

한수가 살짝 무릎을 굽힌다.

그와 동시에 양손을 깍지를 껴 자신의 낭심 위치에 두자 도훈이 빠르게 도움닫기를 시작으로 앞으로 전력질주 한다.

어차피 재수의 전략은 통하지 않았다.

그렇다면 실력 행사로 장애물을 넘어서는 수밖에 없었다.

"으라챠챠챠챠챠챠!!"

도훈이 한수의 깍지 낀 손에 오른발을 올려놓으며 공중으로 도약한다.

순간적으로 붕 뜬 도훈이 양발을 남우성의 어깨 위에 올리며 그대로 착지한다.

"큭?!"

육중한 무게감이 남우성의 어깨에 전해지자 무의식적으로 침음성을 내뱉은 남우성이 위를 바라보려 한다.

하지만 그 무게감은 이미 남우성의 뒤에 위치한 둘포 인원의 어깨에 옮겨진다.

도훈이 임시적으로 정한 작전, 이름하야 인간 구름사다리 통과하기!

가뜩이나 좁은 골목길에 둘포 인원이 바글바글 몰려 있는 탓에 이들은 행동에 자유로움을 빼앗겼다. 오로지 앞으로 밀어붙이는 일뿐.

설마 도훈이 이들의 어깨를 밟고 지나갈 줄은 몰랐는지 순간 아차 하는 얼굴로 외친다.

"마, 막아라! 뒤로, 뒤로 후진!!"

"잘 안 들립니다!!"

"뒤로 후진하라고, 이 병신아!!"

그 말이 끝나기를 기다렸다는 듯이 범진이 이들을 가로막고 있던 위치에서 재빠르게 옆으로 살짝 빠진다.

"우와!!"

앞으로 계속 밀려고 힘을 가하던 탓에 몸의 무게중심이 전부 앞쪽으로 쏠릴 수밖에 없다.

앞을 가로막고 있던 범진이라는 장벽이 없어지자마자 이들이 무게중심을 잃고 앞으로 쓰러진다.

그쯤에 도훈은 이미 인간 구름사다리를 넘어 상대방의 진영에 도착한 지 오래다.

상대방의 진영에 도착한 도훈은 자신을 방해하는 인원이 아무도 없음을 깨닫고 얌전히 깃발을 뽑는다.

도훈의 행동을 보자마자 이글 조교가 호루라기를 불기 시작한다.

"하나포 승리!"

"잘했어, 이도훈!!"

"씨발! 역시 군대 마스터!!"

하나포 인원이 도훈에게 다가가 행가래를 치기 위한 준비

를 한다. 도훈은 하지 말라며 도망 다니지만 네 사람을 이길
수는 없었다.

"이, 이거 놓으……"

"자, 하나~ 둘~"

도훈은 알고 있다.

이들이 결코 도훈에게 얌전히 헹가래를 쳐줄 고운 인격을
지니고 있는 사람들이 아니라는 사실을.

참호격투 개인전에서 도훈을 한 방에 보내기 위해 연합을
짤 정도이다.

그리고 도훈이 예상이라도 했다는 듯이 공중에 붕 뜬 도훈
을 받아줄 생각도 하지 않고 하나포 인원 모두가 팔을 뒤로
뺀다.

그러자 풍덩 소리와 함께 그대로 도훈은 흙탕물을 뒤집어
쓸 수밖에 없었다.

"푸왁!"

"하하하! 어떠냐, 이 건방진 후임 녀석아!"

범진이 아주 통쾌하다는 듯이 배꼽을 잡고 웃기 시작한다.
철수도 이미 남우성에게 받은 데미지를 회복했는지 범진과
함께 포복절도하기에 동참한다.

나중에 전역할 때 보자고 결심한 도훈은 입안에 들어간 흙
탕물을 뱉어내기 바빴다.

오늘의 유격 일정이 끝난 이후.

"…남우성."

행보관이 조용히 남우성을 부른다.

CP 텐트 안으로 행보관을 따라 들어온 남우성이 뻘쭘하게 자리를 잡자, 행보관이 목소리를 낮게 깔기 시작한다.

"너도 잘 알고 있겠지?"

"…예, 잘 알고 있습니다."

"어떻게 할 거냐? 지금이라도 말해준다면 지금 당장 내가 손을 써보마."

"……."

남우성의 얼굴이 점점 굳어간다.

그의 태도에 행보관은 그저 답답한지 건빵 주머니에서 담배를 꺼내 입에 문다.

"피울 거냐?"

"담배 끊었습니다."

"…그렇구만."

불을 붙인 행보관이 길게 담배 연기를 토해낸다.

남우성은 그저 묵묵히 자리를 지킬 뿐.

행보관은 남우성의 그런 태도에 조금은 성질이 나는지 살짝 언성을 높인다.

"잡것아, 니가 그렇게 우유부단한 태도를 보이니까 내가 대대장님께 적극적으로 권유를 못하고 있잖냐."

"아닙니다, 행보관님. 저는 제 힘으로 나갈 구실을 만들겠습니다."

"이런 잡것이……."

점점 어두워지는 밤하늘의 별.

행보관은 융통성 없는 남우성의 태도에 그저 길게 담배 연기만 내뿜어낼 뿐이었다.

도훈은 솔직히 뭔가 이상함을 느꼈다.

철수의 유혹이 징그럽긴 했지만, 그렇다고 남우성이 남색을 거부하는 것은 그리 흔치 않았기 때문이다.

뭔가 상태가 이상한 것일까?

아니면 그만큼 유격왕에 욕심을 내는 것일까?

궁금증이 들긴 했지만, 저녁 식사를 해야 했기에 식판을 받고 열심히 식사에 열중한다.

바로 그때,

"이도훈."

익숙한 목소리가 들려온다.

군대 내에서는 듣기 굉장히 힘든 특유의 고음을 지닌 목소리. 간단하게 표현하자면 여성이 도훈을 호출한다.

도훈은 반사적으로 이 목소리의 주인이 유리라는 사실을 알고 자리에서 일어나 관등성명을 외친다.

"일병 이도훈."

"잠깐 볼일이 있는데, 따라와."

"예, 알겠습니다."

무슨 일일까?

생각해 보니 도훈은 사단장 사건 이후 유리아와 처음으로 대면하는 셈이다. 본래 사단장이 잠시 정신을 잃고 그동안 유리아 역시도 제정신이 아니었다. 가뜩이나 어릴 적 사고로 부모님을 잃은 것이 트라우마가 되었는데, 또다시 의부모를 잃을지도 모른다는 생각이 유리아의 심장을 죄어온 것이다.

그리고 이제 겨우 다시 정신을 차린 유리아가 찾아간 사람은 바로 이도훈이었다.

인적이 드문 장소로 오게 된 유리아가 도훈에게 말한다.

"…고마워."

"무슨 말씀이십니까?"

"네가 우리 아버지… 아니, 사단장님을 제일 먼저 찾아줬고, 그리고 제일 적극적으로 나섰다는 거 다 알고 있어. 직접 밧줄을 매고 절벽 밑까지 내려갔잖아."

"그거야 당연한 일입니다. 상관이 위기에 처했는데 못 본 척하는 부하가 어디 있겠습니까?"

"…그렇겠지."

유리아가 옅은 한숨을 내쉰다.

상관의 명령에 절대 복종한다.

그건 군인으로서 기본 소양이다.

유리아도 그 사실을 잘 알고 있기에 도훈을 이렇게 부른 것이다.

"넌 저번에 나를 구해준 적이 있지?"

"…첫 만남 때 말입니까?"

"그래, 우리가 처음 만났던 날, 떨어지려던 나를 대신해서 받아주려고 했지."

어렴풋이 기억이 난다.

그때 분명 앨리스가 인과율을 어기면서까지 도훈을 도와주지 않았다면 그는 아마 커다란 부상을 입었을 것이다. 재수가 없었으면 뇌진탕으로 인해 커다란 재해를 당했을 수도 있다.

하지만 앨리스 덕분에 도훈은 무사히 그 사건을 넘길 수 있었다.

복잡한 표정을 짓고 있는 도훈의 얼굴을 보더니 유리아가 다가가 살짝 손을 뻗는다.

그리고,

"아야얏?!"

"내가 말하는데 다른 생각을 하다니……."

유리아가 살짝 토라진 표정을 지으며 도훈의 볼을 꼬집는다.

그렇게까지 아픈 것은 아니지만, 그래도 아픈 척 연기를 최대한 해줘야 후속타가 들어오지 않는다.

도훈의 예상대로 유리아가 다시 손을 거둬들인다.

후속타는 없었다.

다만 그 후속타는 고통을 동반한 후속타에 한정되었을 뿐이지 키스라는 수단의 후속타라고는 예상하지 못했다.

"……!"

도훈의 눈동자가 급격하게 커진다.

자신의 입술 위로 유리아의 입술이 포개어진 것이다.

그렇다고 도훈이 키스를 감행한 것도 아니다.

유리아 본인이 양팔로 자신의 목을 감싸며 적극적으로 키스를 해온 것이다.

유리아 쪽에서 이렇게 애정 공세를 펼쳐온 것은 처음 있는 일이 아닐까 싶다. 아니, 그보다도 왜 이곳에서 도훈에게 키스를 한 것일까.

의구심을 남긴 채 입술을 뗀 유리아. 어두운 밤에도 불구하고 그녀의 얼굴이 빨갛게 달아오른 것이 확연하게 보인다.

"…아빠를 구해줘서 고마워."

"……."

"이건… 그에 대한 포상이야."

말하고는 부끄러운 모양인지 빠른 걸음으로 다시 텐트장이 있는 쪽을 향해 거의 도망치다시피 뛰어간다.

한동안 멀뚱히 서 있던 도훈이 자신의 입술을 매만진다.

아직도 온기가 남아 있는 키스의 흔적.

방금 전에 벌어진 키스의 감촉을 다시 되새기며 도훈은 혼 잣말로 중얼거렸다.

"…상이 너무 과한 거 아닌가?"

유리아에게 기습 키스를 당한 도훈이 머쓱하게 머리를 긁 적이며 텐트장으로 돌아가려는 찰나였다.

'…인기척.'

살짝 부스럭거리는 수풀 소리에 반사적으로 몸을 숨긴 이 도훈.

인적이 드문 장소에 사람이 있을 리 없다고 판단했기에 몸 을 숨긴 것이다.

어둠에 눈이 서서히 익숙해지자 대충 인영을 감지할 수 있 었다.

"…저건……?"

어디서 많이 본 실루엣.

아니, 우락부락한 근육질의 소유자는 제1포대에서도 딱 한 명밖에 없다.

성 소수자로 알려져 있는 남우성이 자신의 짧은 머리를 긁 적이며 연신 한숨을 내쉰다.

"…하아."

뭐라고 해야 할까. 고심이 많이 보이는 표정이다.

어둠에도 불구하고 남우성의 표정이 다 보일 정도로 그

의 걱정 어린 모습은 너무나도 확연하게 티가 났다.

오후까지만 해도 저런 모습은 본 적이 없다. 참호격투 때에도 물론이다.

오히려 전투 의욕을 불태우며 유격왕을 노리던 남우성이다.

고작 유격왕 후보에서 멀어질지도 모른다는 걱정에 저리도 심하게 좌절하는 건 남우성의 성격에 어울리지 않는다.

"가만."

도훈의 머리가 빠르게 회전한다.

철수의 유혹(?)이 통하지 않았던 일련의 사건과 접목시켜 보면 어떻게 될까?

솔직히 남우성이 과감하게 철수를 걷어차 버린 것은 도훈으로서도 예상하지 못한 일이다. 포대의 브레인이라 불리는 재수조차 자신의 계획이 실패할 것이라고는 생각하지 못했으니까 말이다.

그 정도로 유격왕에 대한 열망이 깊은 것일까.

남우성은 도대체 왜 그토록 유격왕에 목을 매는 것일까.

유격왕이라는 명예 때문에?

아니면 포상휴가 때문인가?

군인이 군대 내에서 목숨을 걸 만한 일은 바로 포상휴가밖에 없다.

하지만 도훈이 알기에 남우성은 휴가에 그리 많은 관심을 가지고 있지 않는 인물 중 하나다.

군대 체질이라면서 오히려 자신의 포상휴가를 후임에게 주기도 하는 착한 선임이기도 하다.

"세상 참."

남우성의 짙은 한숨 소리와 함께 세상에 대한 한탄이 이어진다.

도대체 무슨 일일까?

궁금해 죽겠다는 표정의 도훈이지만, 이내 빨리 돌아가야 한다는 사실을 깨닫고는 조용히 발걸음을 옮긴다.

그것보다 몰래 숨어서 남의 고민을 엿듣는 것은 도훈의 성격에도 맞지 않았다.

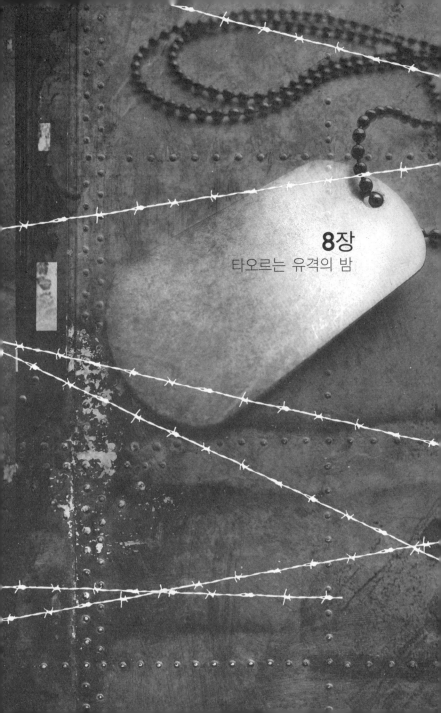

8장
타오르는 유격의 밤

그리고 유격의 네 번째 날이 밝아온다.

이제 오늘 훈련을 마치고 내일 오전 PT체조만 받으면 유격 훈련은 종료!

하지만 이들을 기다리는 최대의 난관이 존재하고 있었으니.

"이름하야 화생방!!"

범진이 목소리를 높여 외친다.

오전 내내 PT체조 지옥에 휘둘렸지만, 이제 4일 차가 되니 병사들도 익숙해진 모양인지 열외 되는 횟수가 현저히 줄었다.

하지만 문제는 PT체조가 아니다.

병사들이 가장 싫어하는 훈련 중 하나로 손꼽히는 화생방이 남았기 때문이다.

"솔직히 화생방이 가장 빡센 훈련이라고 생각하는 사람도 있으니까."

재수도 부정하지 않겠다는 의미로 내뱉는다.

훈련소, 그리고 유격 때 아니면 받기 힘들다는 화생방 훈련을 눈앞에 두고 있다. 게다가 훈련소 화생방에 비해 자대 화생방 훈련은 더 독하기로 소문나 있다.

더욱이 123대대는 유독 화생방 성적이 좋지 않아 작전장교가 제대로 벼르고 왔다는 소문도 들려온다.

"이번에 CS탄 엄청 터뜨리겠지? 으으!"

범진이 몸서리를 치며 화생방에 대한 안 좋은 기억을 떠올린다.

많아봤자 일 년에 한두 번 받을까 말까 한 화생방 훈련을 눈앞에 두고 있는 이들은 넘어가지 않는 점심 식사를 재촉한다.

그러던 중 철수가 불안한지 도훈에게 묻는다.

"이거 괜히 밥 많이 먹었다가 화생방 할 때 들어가서 토하는 거 아니냐?"

"이 씨발 놈아, 밥 먹는데 드러운 말 할래?"

도훈이 철수의 엉덩이를 발로 확 까버릴까 하는데 시야에 남우성의 모습이 들어온다.

"⋯⋯."

그다지 좋지 않은 표정으로 밥을 먹고 있는 모습이 어제의
모습과 연관된다.

무슨 일일까?

본래 이런 개인적인 사생활은 파고들면 안 되는 걸 도훈도
충분히 알고 있지만, 인간의 호기심은 쉽사리 억제할 수 있는
그런 게 아니다.

묻고 싶긴 하지만 그래도 언젠가는 알게 되리라.

식사를 하고 화생방을 받기 위해 지옥의 입구에 대기 중인
이들에게 또다시 빨간색 조교모를 쓴 조교가 등장한다.

"반갑습니다, 교육생들. 이번 화생방 교육을 담당하게 된
스모크 조교라고 합니다."

"스, 스모크?"

"풉!"

순간적으로 웃음을 터뜨린 몇몇 교육생 때문일까.

스모크 조교의 눈썹이 살짝 치켜 올라간다.

"지금 본 조교의 말에 웃었습니까?"

"아, 아닙니다!"

"대답은 악으로 통일하라고 몇 번을 말했습니까!!"

스모크 조교의 목소리가 화생방의 연기보다도 더 무섭게
오감을 자극한다.

이글 조교에 비해서 아무래도 선임급인지 목소리에서 엄청난 패기가 묻어 나온다.

"지금 당장 8번 준비합니다!"

"⋯⋯?"

"안 들렸습니까, 교육생?! 전원 PT체조 8번 준비!"

"아, 악!"

난데없이 지옥의 입구에서 지옥의 체조를 하게 되었다.

그나마 다행인 점은 흙바닥이 아닌 시멘트 바닥이라는 점인데, 문제가 있다면 입구가 기울어져 있다는 것이다.

우르르 뒤로 밀리는 교육생들이 누워서 8번 온몸 비틀기를 준비한다.

"마지막 구령 없이 5회 실시합니다! 몇 회?"

"5, 5회!!"

"시작!"

난데없이 펼쳐지는 PT체조의 향연.

사실 화생방 훈련을 받기 직전 이렇게 체력을 소모시키는 건 거의 연례행사라 봐도 무방하다.

체력을 소모시키면 그만큼 그 체력을 보충하기 위해 호흡이 가빠온다.

호흡이 빨라지면 그만큼 화생방 연기를 들이마시는 양이 많아진다. 그래서 화생방에 들어가기 전에 팔 벌려 뛰기를 하거나 아니면 체력을 소모시키는 몸동작을 지시하는 것도 바로 이런 이유에서이다.

보통은 팔 벌려 뛰기를 많이 시키는데, 온몸 비틀기를 시키는 것으로 보아선 스모크 조교가 얼마나 열이 받았는지 충분히 알 수 있는 대목이 아닐까 싶다.

온몸 비틀기가 끝나자마자 곧장 1조 투입.

불행 중 다행으로 첫 번째 차례는 면한 A조는 안에서 들려오는 교육생들의 처절한 비명 소리를 고스란히 귀에 담을 수밖에 없었다.

"드디어 시작인가."

침음성을 흘리며 제대로 방독면을 점검하는 한수. 아무리 A급 병사라 불려도 화생방이 무서운 것은 매한가지다.

물론 도훈 역시도 화생방에는 쥐약이다. 아무리 노하우가 있어도, 그리고 아무리 많은 화생방 경험이 있어도 연기 앞에서는 너도나도 울음 연기 하나만큼은 일등 연기자가 되는 마법이 발동된다.

눈물뿐만 아니라 콧물과 땀, 침 등 수분 구멍으로 낼 수 있는 모든 구멍에서 물이 질질 흘러나올 정도로 화생방의 위력은 어마어마하다.

특히나 훈련소에서 화생방에 대해 안 좋은 기억을 가지고 있는 자들에게 있어서는 어찌 보면 PT체조보다 더 악몽 같은 순간일지도 모른다.

"씨발, 설마 여기를 또 들어가게 될 줄이야."

철수가 절망 어린 시선으로 화생방 입구를 바라본다.

은연중에 풍겨오는 CS탄의 연기가 이들의 코끝을 자극한다. 벌써부터 기침을 하기 시작한 병사도 있고, 이미 삶을 포기한 병사도 더러 보인다.

포기하면 편하다.

모 유명한 농구 만화에서 나오는 대사 아닌가.

"그냥 이삼 분 동안 나 죽었소 하고 들어가면 된다, 이놈들아."

범진이 너무 걱정하지 말라며 한수와 철수의 등을 토닥여준다.

이럴 때는 역시 병장의 짬밥이 의지가 된다.

선임이 나서서 위로를 해주니 그래도 조금은 용기가 생긴다.

물론 여기서 가장 짬밥이 많은 인물은 이도훈이지만, 그래도 계급은 범진이 높기에 별다른 반론을 하지 않는다.

드디어 들어선 지옥 입구.

A조 인원이 방독면 마스크를 쓰고 지옥 입구를 향해 발걸음을 옮긴다.

안으로 들어가자 자욱한 연기와 동시에 탁탁 하며 CS탄이 프라이팬 위에서 터지는 소리가 들려온다.

"……."

이 얼마나 공포스러운 사운드란 말인가. 더욱이 A조 인원이 들어오자마자 교관이 CS탄을 더 터뜨리라고 지시를 내린다.

"반갑다, 교육생들."

검은 모자를 쓴 조교의 모습이 오늘따라 반갑지 않은 것은 당연하다.

"너희도 잘 알겠지만, 이번 화생방 교육은 유격의 꽃 중에 하나다."

'독을 품은 꽃이겠지.'

속으로 딴지를 잠깐 걸어보는 도훈. 그에게는 벌써 몇 번째 화생방인지조차 까먹을 정도다. 이미 군 생활 2년 사이클을 한 번 체험한 도훈인데, 또다시 이등병으로 돌아와서 군 생활을 하려니 죽을 맛이다.

이제는 익숙해지긴 했지만, 화생방이나 유격 같은 대형 훈련을 앞둘 때마다 다시금 회의감이 드는 건 어쩔 수 없다.

"우선 팔 벌려 뛰기 10회 실시한다. 몇 회?"

"10회!"

"12회! 시작!"

유격장에서 흔히 사용하는 횟수 헷갈리게 하기 전법!

아주 익숙하다는 듯이 숫자를 재빨리 바꾸며 지시하는 교관의 말에 A조 인원이 팔 벌려 뛰기를 시작한다.

그리고 횟수가 11회에 달했을 때,

"열두울~!!"

아주 우렁차게 마지막 구령을 외치는 철수 탓에 모두의 시선이 쏟아진다.

방독면 때문에 그나마 잘 보이지 않았지만, 철수는 온몸에서 느껴지는 살기를 통해 자신이 죽을죄를 지었음을 몸소 실감할 수 있었다.

"정신 똑바로 안 차리나!!"

교관의 우레와 같은 목소리가 화생방 장소 안을 가득 채워 간다.

"처음부터 다시 한다. 10회. 몇 회?"

"10회!!"

"9회 실시!"

또다시 시작된 페이크.

이번에도 실패하면 다시 한 번 팔 벌려 뛰기를 시작해야 한다. 솔직히 동작 자체는 큰 어려움이 없지만, 이게 계속 반복되다 보면 자연스레 호흡이 거칠어진다.

그렇다면 뒤에 따라오는 효과로 CS 연기를 더더욱 많이 마시게 된다는 부작용이 고개를 슬금슬금 내밀게 된다.

마지막 여덟이라는 구령과 동시에 아홉 번째!

"……."

모두가 침묵을 지킨다.

드디어 성공한 것이다.

병사들이 서로 해냈다는 표정을 지으며 두 주먹을 불끈 쥐어 보인다.

하지만 화생방의 시련은 여기서 끝이 아니다.

이제 막 시작되었을 뿐.

"그럼 지금부터……."

교관이 A조 병사들을 한 번씩 훑어보더니 드디어 사형선고와도 같은 말을 내뱉는다.

"방독면을 벗는다! 실시!"

"악!!"

빠르게 대답한 병사들이 방독면을 벗기 시작한다.

누구 하나 행동이 느리면 방독면을 미리 벗은 병사는 그만큼 연기를 더 들이마시게 되는 것이다.

이것도 어찌 보면 전우애를 시험하는 시련의 일종.

최대한 빠르게 방독면을 벗은 이들의 안면이 수백 개의 바늘로 찌르듯 따끔거리기 시작한다.

그와 동시에 조금의 호흡만 내쉬어도 절로 기침이 나오고, 그 기침을 시작으로 침이 한두 방울 떨어짐과 동시에 콧물, 눈물이 줄줄 흐른다.

"콜록콜록!"

"캑! 나… 나… 죽… 어……!"

목을 부여잡고, 혹은 가뜩이나 짧은 머리카락을 쥐어뜯으며 어떻게 해서든 참으려고 노력하는 병사들의 모습을 보던 교관이 소리친다.

"지금부터 노래 시작한다! 노래는 어버이 은혜! 알겠나?!"

"아악!!"

거의 비명을 지르다시피 대답하는 병사들이 제각각 올라가지 않는 목소리를 내면서 한마음 한뜻으로 노래의 첫 소절을 시작한다.

"나실 제… 콜록… 괴로움… 컥… 다… 우웩……!"

폐 속까지 침투하는 매스꺼운 연기.

하지만 노래를 다 부르지 못하면 얌전히 보내줄 교관이 아니다.

"기를 제… 밤낮으로… 애… 쿨럭… 쓰는 마음… 캑…!"

헛구역질이 올라올 정도로 고통스럽다.

군대를 갔다 온 남자라면 모두가 공감하는 바로 그 고통!

오감이 쓰리고 나가고 싶어 죽을 정도지만 나갈 수가 없다!

하지만 육체적인 고통보다 남우성에게 있어서는 정신적인 고통이 더 크다.

"어머니……!!"

목소리를 높여 노래를 부르는 남우성의 두 눈에서 뜨거운 눈물이 흐르기 시작한다.

화생방의 연기 때문일까?

그렇다고 보기에는 뭐랄까, 좀 더 애환이 담겨 있는 그런 눈물로 보인다.

"…캑캑……!"

헛구역질을 하며 살짝 실눈을 뜬 도훈이 바로 옆에서 오열하고 있는 남우성을 바라본다.

아무리 봐도 화생방 연기로 인해 나오는 눈물이 아니다.

슬픔.

인간의 감정 중 하나인 슬픔이라는 단어에서 파생되어 나오는 반사적인 생리 현상.

그 슬픔 때문에 남우성의 눈에서는 뜨거운 눈물이 한 방울, 그리고 또 한 방울 뚝뚝 떨어지고 있다.

도대체 무슨 일인지 모르겠지만, 지금 당장은 화생방에서 나가는 게 가장 중요했다.

노래인지 아니면 고통의 신음 소리인지 모를 괴상망측한 소음을 내는 이들의 모습을 보고 나서야 교관이 고개를 끄덕인다.

"그 상태로 팔을 수평으로 벌리고 바깥으로 뛰어간다. 알겠나?"

"악!"

"뛰어!"

화생방 반대편에서 문이 열리자 이들이 미친 듯이 밖을 향해 뛰어가기 시작한다.

얼마 만에 맛보는 바깥바람인가.

물론 채 5분도 안 돼서 다시 맛보는 외부 공기지만 이들에게 있어서는 1분이 한 시간처럼 느껴졌을 것이다.

"씨발! 죽는 줄 알았다!"

철수가 걸쭉한 욕지거리와 함께 침을 토해낸다.

바람에 최대한 CS탄이 날아가게끔 팔을 벌리며 움직이는 이들에게 스모크 조교가 다가오며 소리친다.

"물 있는 곳으로 가서 얼굴에 있는 CS 가루 털어냅니다! 알겠습니까?!"

"악!!"

시원한 물이 있는 장소로 뛰어가 빠르게 얼굴을 씻어낸다.

차가운 물의 감촉에 피곤함이 동시에 흘려 나가는 듯한 착각마저 든다.

"하아, 드디어 끝났다."

한숨을 토로하는 병사들이 시원한 그늘에 앉아 화생방의 여운을 흘려보낸다.

"이것으로 내 일생일대의 마지막 화생방이 끝났나. 씨발!"

범진이 욕설을 내뱉으며 말하자 재수도 고개를 끄덕이며 대답한다.

"이제 우리는 마지막이니까, 니들은 열심히 잘해봐라."

"……."

썩은 표정으로 재수와 범진을 바라보던 후임급들이 더더욱 깊은 한숨을 내쉰다.

안 그래도 내년 유격도 뛰어야 하는 이들에게 있어서 지금 화생방에 문제겠는가.

지금까지 해온 이 유격 훈련을 다시 또 해야 한다는 생각에 벌써부터 현기증 증세를 느낀다.

그건 그렇다 치고.

"…김범진 병장님."

"왜?"

도훈이 부르자 범진이 슬쩍 도훈의 곁으로 다가온다.

"할 말이라도 있냐?"

"남우성 상병에게 뭔가 개인적인 문제 같은 거 있어 보이지 않습니까?"

"남우성? 글쎄?"

머리를 긁적이며 범진이 생각에 잠긴다.

고민의 결과.

"안 떠오르는데?"

"알겠습니다."

사병들은 남우성의 개인 사정을 잘 모른다.

애초에 자신의 속사정을 타인에게 털어놓는 그런 타입의 남자도 아니고, 오히려 고민 같은 게 있으면 혼자서 해결하는 그런 상남자 스타일이다.

남우성이 누군가에게 상의를 한다…….

상상이 안 된다.

그래서 아마 행보관의 제안 역시도 거절한 게 아닐까.

물론 도훈은 행보관과 남우성이 주고받은 대화를 제대로 알지 못한다.

'천리안을 쓸 수 있으면 좋으련만…….'

지금은 앨리스를 부를 수 없다. 비번이래나 뭐래나. 뭔가 추궁하고 싶어서 부른 적이 있는데 트위들디가 그렇게 말을 해 뭐라 대답을 해주지 못했다.

어쨌든 앨리스가 부재중인 관계로 천리안은 봉인.

'어쩐다.'

왠지 남우성에 관련된 이야기를 알아내고 싶은 도훈이 머리를 굴려본다.

이래 봬도 같은 포대 인원 아닌가.

고민을 가지고 있으면 그 고민을 반으로 나누면 된다.

하지만 남우성 같은 타입은 그런 것에 매우 서툰 남자이기에 지켜보는 제삼자가 오히려 더 불안하다.

"뭐……."

다시 머리를 저으며 생각을 정리한다.

지금 남의 고민에 도움의 손길을 건네줄 상황인가.

이도훈 본인만으로도 벅차다.

도와준다 해도 어차피 남우성이 거절할 게 틀림없다. 그럴 바에야 차라리 남우성이 혼자 해결하는 것을 지켜보는 수밖에.

물론 도훈이 도와줄 수 있는 범위 내라면 충분히 도와줄 자신은 있다.

문제는 그 범위를 모른다는 점이지만.

"에라이, 모르겠다."

화생방을 끝내고 나서 간단한 행군을 마친 이들.

내일 일정을 간략하게 들은 병사들은 일치감치 텐트에 들어와서 휴식을 취한다.

"오전엔 퇴소식, 오후에는 야간 행군이라……."

일정을 전달해 준 재수의 말을 되새기며 텐트 천장을 바라보던 범진이 낮게 속삭인다.

즉, 오늘이 마지막 유격의 밤.

재수와 범진에게는 오늘이 바로 마지막 유격의 밤이라는 뜻이다.

"안재수."

"왜?"

"우리 이제 두 달만 지나면 전역이야."

"…나도 알아, 인마."

"김 병장도 이런 기분이었을까?"

"아직 우리 전역하라면 멀었다."

김대한이 떠난 지도 슬슬 반년이 다 되어간다.

그동안 웃고 울고 화내고 짜증나는 일도 많았지만, 돌아보면 그것도 다 추억이다.

물론 지금 이 유격 훈련 역시도 추억이 될 것이다.

왜냐하면 잊고 싶어도 잊히지 않는 인생의 유일무이한 체험이니까 말이다.

"인생의 추억이 될 이 순간을 낭비할 순 없지!"

벌떡 일어선 범진이 단호하게 말한다.

"이대로 얌전히 유격의 마지막 밤을 보낼 순 없지!"

"또 무슨 짓을 하려고……."

손목시계를 바라보는 재수. 현재 시각은 8시. 9시 즈음에 간단하게 행보관과 포대장이 이번 유격 훈련에 대한 소감을 듣고 오늘 일정이 끝난다.

남은 한 시간 동안 어수선한 틈을 노리겠다는 범진이 갑자기 모포를 든다.

"김철수! 한수! 나를 따르라!"

"옙, 김범진 병장님!"

기다렸다는 듯이 반사적으로 대답한 철수가 곧장 튀어나갈 준비를 한다.

한수는 어쩔 수 없이 재수의 눈치를 보게 되는데, 그런 재수가 범진의 행동을 잠시 말린다.

"무슨 짓을 하려고 그러냐?"

"뻔하잖아?"

범진이 엄지손가락을 치켜 올리며 말하길,

"모포말이다."

"이런 악마 새끼……!"

"안재수, 너도 껴라!"

"……."

포대의 브레인이자 바른생활 병사로 잘 알려져 있는 재수이기에 범진의 이런 난동에 함부로 동참할 수 없다. 게다가 자신은 분대장이 아닌가. 여기서 분대장이 통솔해야 하는데 오히려 범진과 같은 망나니 행사에 동참한다는 건 재수의 성격에 맞지 않았다.

하지만,

"한번 조져보자."

재수 역시도 모포를 들고 자리에서 일어선다.

바른생활에 규율을 지키는 것도 중요하지만 추억만큼 중요한 게 또 어디 있겠는가.

이래서 고등학생들이 수학여행만 가면 베개 싸움을 하는가 생각하며 재수는 하나포 인원을 불러 모았다.

"잘 들어라. 일단 행정분과부터 조진다."

"왜 하필이면 행정분과입니까?"

철수의 물음에 이번에는 재수를 대신해 범진이 대신 답변해 준다.

"야, 생각을 해봐라. 우리가 좆나게 PT체조 받고 유격 코스 뛰는데 저 새끼들은 텐트 정비니 뭐니 잡일한다고 빠진 인원이 대다수잖아. 그러니까 이번 기회에 조져 버려야지."

"……."

남의 행복은 나의 불행이라 했던가.

범진의 말에 한수, 그리고 철수와 도훈이 급격하게 동감한다는 듯이 고개를 끄덕인다.

"그럼 행정분과 가서 먼저 애들 조져 버리고 다음은 전포분과를 우리가 접수한다. 알겠나?"

"예, 알겠습니다!"

"자, 조지러 가볼까?"

하나포 인원 총출동!

유격의 마지막 밤을 보내기 위해 이들의 추억 만들기(?) 작전이 시작되었다.

저녁 8시밖에 되지 않은 터라 아직까지 바깥은 많이 어수선한 편이다.

하지만 간부들은 CP 텐트에서 회의가 있는지 모습이 보이지 않는다. 이 틈을 노려 범진이 옆구리에 모포를 끼고 후다닥 행정분과 바로 옆에 몸을 붙인다.

그리고 손가락으로 도훈에게 손짓한다.

'투입!'

'투입!'

도훈이 고개를 끄덕이며 행정분과 텐트 안으로 고개를 쑤욱 내민다.

"일병 이도훈입니다."

"어, 도훈아, 니가 무슨 일이냐?"

행정분과 최고 선임인 김 상병이 늘어지게 하품을 하면서 도훈을 반긴다.

이미 추진의 흔적들로 보이는 다수의 과자와 음료수 병이 놓여 있다.

아마도 다른 이들이 열심히 유격 훈련을 받는 동안 이들은 PX에 가서 미리 간식거리를 다 사들였으리라.

재수와 범진이 행정분과 먼저 조지자는 의견을 내세운 이유를 도훈은 뼈저리게 깨닫게 되었다.

"들어가도 되겠습니까?"

"그래, 들어와라. 먹을 거 줄까?"

"어이쿠, 감사합니다."

도훈은 자대 내에서도 인기가 좋은 편이다.

사단장을 뒤에 업고 있기도 하고, 최근에는 군단장이라는 어마어마한 백그라운드까지 얻게 되었다.

신임이 두터운 탓에 대대장과 포대장도 함부로 하지 못하는 게 이도훈이라고 할 수 있었다.

하지만 그럼에도 불구하고 도훈은 일병으로서 자신의 위

치를 잘 파악하고 해야 할 일을 딱딱 해내는 체질이다.

거만하지 않고 막내가 해야 할 일을 알아서 하기에 자대 인원들은 도훈을 나쁘게 볼 수가 없었다.

이런 도훈의 이미지를 이용해 재수가 책략을 짜낸 것이다.

우선 도훈을 투입한다.

그리고 이들을 방심하게 만들어서…….

"돌격 앞으로!!"

"오오오오오!!"

재수의 명령에 범진과 철수, 한수가 빠르게 행정분과의 포문을 연다.

갑자기 들이닥친 하나포 인원의 모습에 순간 당황해하는 행정분과 인원들.

범진의 눈가에 과자와 음료수의 흔적이 보이자 한이 맺힌 듯이 외친다.

"이런 씨발 놈들! 우리는 PX 구경도 못했는데 감히 사치를 부려?!"

"지, 진정하시기 바랍니다, 김범진 병장님!"

"시끄럽다! 이 녀석을 매우 쳐라!"

"예!"

철수와 한수가 김 상병에게 한 장의 모포를 던진다.

그와 동시에 빠르게 모포를 김 상병에게 두르는데, 이것이 바로 모포말이!

"아그들아, 밟아라!"

"예!"

수많은 발길질이 김 상병에게 쏟아진다.

꽥꽥 비명을 지르지만, 재수와 범진의 분노는 극에 달해 이미 그의 비명 소리는 들리지 않았다.

"죽여!!"

퍽퍽!

"작살이다!!"

퍽퍽퍽!

"조져 버려, 씨발 행정분과!! 망고 새끼들!!"

퍽퍽퍽퍽퍽!

이어지는 구타와 폭력에 김 상병을 필두로 행정분과 떨거지 두 명 역시 아무런 반항조차 못해 보고 그대로 하나포에게 제압당하고 말았다.

아닌 밤중에 홍두깨라 했던가. 아닌 밤중에 발길질 운동을 열심히 한 범진은 매우 만족스러운 표정으로 이들에게 말했다.

"다음은 전포분과 새끼들 접수하러 가자!"

"예, 형님!"

어느 순간 호칭이 형님으로 변모한 이들. 누가 보면 어둠의 세계에 몸담고 있는 이들이라고 착각할 정도다.

어쨌든 하나포 인원의 텐트 접수전이 시작됨과 동시에 이들의 이야기가 전 포로 퍼지게 된 것은 그리 얼마 지나지 않아서였다.

행정분과를 아주 손쉽게(?) 제압한 이들이 뒤이어 여섯포를 치러 간다.

그 와중에 예상치 못한 인물을 만나게 되는데…….

"…억?! 김범진 병장님?!"

"이대팔이잖아!"

여섯포 텐트로 가려는 길에 과자를 들고 오물오물 먹으며 걸어가던 뚱보 이대팔과 마주친 김범진의 가슴속에 무언가 부글부글 끓어오르는 게 있다.

오늘 하루 종일 뒹굴고 개고생을 했는데, 이대팔이라는 녀석은 하나포 분과 소속 운전병이면서 얌전히 과자나 처먹고 다니다니.

"아그들아!"

"예, 형님!"

"저놈도 매우 쳐라!"

"악!!"

철수와 도훈이 빠르게 행동에 임한다.

둘의 협공을 받게 된 이대팔이 졸지에 무슨 일이 벌어졌는지는 모르지만 재빠르게 바닥에 무릎을 꿇고 머리를 조아리는 게 아닌가.

"아이고, 김범진 병장님! 저도 이래 봬도 하나포 소속 운전병 아닙니까?! 부디 자비로운 마음가짐으로 살려주시길……!"

역시 처세술의 달인 이대팔!

자신이 약한 모습을 보여야 할 때가 어느 때인지 아주 정확하게 알고 있었다.

그리고 누구에게 부탁해야 하는지도 벌써 분석을 끝낸 상태였다.

평상시 같으면 분대장인 재수의 영향력이 매우 센 편이지만, 지금과 같은 무력 동원 상황에서는 김범진이 형님 역할을 하게 된다.

이래 봬도 이대팔은 하나포에서 1년 동안 운전병으로 활약한 공신 중의 한 명이다. 비록 과자를 먹는 모습은 매우 꼴사나워 보이나, 배불뚝이가 하루라도 먹지 않으면 오히려 불쌍해 보이는 관계로 범진이는 고개를 끄덕이며 이를 받아들인다.

"충성을 맹세하겠는가?"

"아따, 형님! 저만 믿으시기 바랍니다요잉!"

무슨 조폭도 아니고, 이대팔이 형님으로 호칭을 바꾸며 충성을 맹세한다.

"어디부터 칠깝쇼?!"

"이 자식이 어디서 합쇼체야?"

가볍게 이대팔의 머리에 꿀밤을 선사해 준 범진이지만, 그래도 기분이 나쁘진 않은지 이대팔을 동료로 맞이한다.

결국 하나포 인원 총출동.

어마어마한 포스를 뿜내며 당당하게 여섯포 텐트의 포문을 연다.

그러고서 범진이 내뱉는 딱 한 마디.

"텐트 접수하러 왔다!"

범진의 말에 마침 기다리고 있었다는 듯이 여섯포 반장 한 병장이 범진과 아이들을 보며 말한다.

"어이쿠, 김범지잉. 마이 컸다 아이가?"

"내가 언제까지 니 씨다바리 할 줄 알았노?"

"허허, 말하는 꼬락서니 봐라. 우리 아그들이 안 보이제?"

좌우로 이미 이들을 포위하고 있는 여섯포 인원들.

인원수로는 비등하지만 한가운데에 몰려 있는 포진이 하나포에게 불리하게 작용한다.

하지만 그럼에도 불구하고 범진은 전혀 꿀리는 거 없다는 듯이 목을 삐딱하게 기울이며 말한다.

"남자 아이가. 덤벼보레이."

"…뭐라고?"

"쫄리면 뒈지시든가!"

범진이 들고 있던 모포를 활짝 펼친다.

순식간에 한 병장의 시야가 일시적으로 봉인된다. 그와 동시에 범진이 큰 목소리로 외친다.

"아그들아, 씨바 다 조져 뿌라!"

"예, 형님!"

완벽한 조폭으로 빙의된 하나포 인원이 미리 공수해 온 모포로 여섯포 인원에게 뿌린다.

하지만 기다리고 있었다는 듯이 여섯포 인원들도 모포로 받아친다.

퍽!

퍽퍽!!

"씨빠! 나의 드랍 킥을 보여주갔소!"

이대팔이 육중한 몸집으로 공중에서 그대로 드랍킥을 날린다. 무게감이 더해지며 위력이 한층 강해진 이대팔의 드랍킥을 맞고 여섯포 인원 중 한 명이 텐트 구석으로 나가떨어진다.

"컥?!"

"도훈아! 뒤 조심해라!"

"예, 이대팔 일병님."

허리를 숙이자 마치 기다리고 있었다는 듯이 부웅 소리를 내며 무언가가 지나간다. 도훈이 싱긋 웃으며 발을 걸어버림과 동시에 녀석을 무너뜨리고 모포말이를 개시한다.

"김철수! 조져 버리자!"

"기다리고 있었다 아이가!"

철수도 어느 순간 사투리를 쓰면서 도훈과 열심히 술래잡기~ 고무줄 놀이~ 모포말이 놀이를 실시한다.

그렇게 하나둘씩 제압에 성공한 이들이 결국 여섯포까지 접수 완료.

"하나포가 오늘 제1포대 다 평정한다!"

"예!!"

이렇게 해서 사기 충전을 마친 이들이 뒤이어 오포를 향해 텐트를 옮긴다.

"후우……."

길게 한숨을 내쉬는 남우성은 또다시 밤하늘을 올려다본다.

자신도 모르게 화생방 훈련을 하면서 진짜 눈물을 흘리고 말았다.

여태 남들에게 보여주지 않았던 뜨거운 눈물.

하지만 그 마음은 어머니라는 단어 하나만으로도 충분히 감당할 수 없는 슬픔으로 묻어나왔다.

"…어머니……."

어릴 적 돌아가신 아버지를 위해 홀로 돈을 벌어야 했던 어머니가 최근 일을 하던 도중에 다쳤다는 소식을 듣게 되었다.

동생들이 어머니를 간호하고 있다고 하지만, 그리고 어머니 본인도 괜찮다고 하지만 자식 된 도리로 어찌 괜찮을 수가 있겠는가.

"……."

남은 휴가는 후임들에게 다 준 터라 자신이 가지고 있는 휴가는 병장 정기휴가, 그리고 앞으로 나올 분대장 포상휴가밖에 없다.

그래서 이번에 유격왕을 차지해서 휴가를 타 어머니를 보러 갈 생각이었으나…….

"그것도 무리겠지."

오늘의 참호격투 패배는 매우 뼈아팠다.

철수에게 발길질을 한 것은 매우 미안하게 생각하지만, 그만큼 남우성은 어머니에게 직접 찾아가고 싶다는 열망이 매우 높았다.

하지만 그것도 희망 사항일 뿐.

짧은 머리를 벅벅 긁으면서 텐트로 향하는 남우성의 앞에 소란스러운 소음이 들려온다.

"…뭐지?"

자세히 보니 텐트장이 완전 난리가 났다.

행정분과 소속 인원들은 허리를 부여잡은 채 고통을 호소하고 있고, 여섯포 분대장은 '마이 묵웃다 아이가'라는 이해 못할 말을 읊조리고 있다.

혹시나 하는 생각으로 둘포 텐트 안으로 들어간 남우성.

그러나 그곳에는…….

"왔냐, 남우성?"

"이건……?"

자신의 분대원들이 모포말이를 당한 채 쓰러져 있는 게 아닌가.

의기양양한 모습으로 앉아 있는 하나포 인원들이 남우성을 바라본다.

"보스가 부하들을 버리고 가면 안 되지."

"무슨 일입니까, 김범진 병장님?"

"보다시피 우리가 너희 텐트 접수했다."

"……."

그런 것인가?

소란의 원인은 바로 이것이었다.

하나포 인원이 도장 깨기라도 하듯이 텐트를 돌아다니면서 직접 이렇게 박살을 내고 다닌 것이다.

물론 범진의 성격이라면 충분히 그러고도 남을 것이다.

그리고 남우성 또한 이번이 두 번째 유격.

거의 제1포대로서는 관습이라고 불릴 만큼 텐트장 격파는 이미 익숙해졌다.

하지만 설마설마했는데 올해도 또 할 줄이야.

"오늘은 어울려 드릴 기분이 아닙니다, 김범진 병장님."

"야, 이 새끼야."

범진이 목소리를 깔고서 말한다.

"너 오늘 왜 그러냐?"

"잘 못 들었습니다."

"도훈이가 그러더라. 요즘 들어 너 좀 이상하다고."

"……"

"무슨 문제 있냐? 혹시 집안에……."

"아무것도 아닙니다."

남우성이 범진의 말을 딱 잘라 끊는다.

가급적이면 자신의 가정사를 밝히고 싶지 않았다. 그것이 바로 남우성의 생각. 그렇기에 범진도 사실 지금까지는 남우성을 가만히 놔두고 있었다.

하지만 이대로 아무런 도움조차 주지 못한 채 시간만 축내는 것은 범진의 스타일이 아니기에 재수에게 살짝 귀띔한 것이다.

텐트장 격파를 하면서 남우성의 속내를 들어보자고.

그래서 이들은 일부러 이런 소동을 일으켰다. 훈련이 아닌 개인 정비 시간에 이렇게 남우성과 이야기할 될 자리가 필요했던 것이다.

분과 내에서는 남우성보다 선임은 없다. 다른 선임에게 털어놓는 것은 남우성의 자존심이 허락하지 않을 것이다.

게다가 제1포대 둘포에는 간부 포반장도 없다. 그래서 남우성은 오로지 혼자서 모든 것을 고민하며 모든 것을 해결해

왔다.

"그렇게까지 소극적인 태도로 임하겠다면……."

범진이 슬쩍 고갯짓을 하자 철수와 한수가 모포를 들고 자리에서 일어선다.

"이건 완전 악역인데……."

한수가 쓴소리를 내뱉지만, 범진이 한수의 엉덩이를 발로 살짝 까면서 말한다.

"인마, 감히 형님의 말을 거역해?"

"예, 예, 알겠습니다."

침을 꿀꺽 삼키며 철수와 한수가 남우성과 마주한다.

둘의 눈치를 보고 있던 남우성이 어쩔 수 없다는 듯 자세를 잡는다.

"한꺼번에 덤벼도 좋다."

"그럼 사양하지 않고 갑니다!"

한수가 빠르게 남우성의 뒤로 돌아간다.

정면으로 승부를 거는 것이 아닌 양 방향 급습!

뒤이어 철수가 낮에 당했던 복수를 하려는 듯 그대로 몸통 박치기를 해온다.

하나,

"어림없지!"

그대로 철수를 어깨로 받아버린 남우성. 뻐억 하는 소리와 함께 그대로 철수가 꼴사납게 튕겨져 나온다.

"쿠웩?!"

"흐읍!"

뒤이어 손을 뒤로 뻗는 남우성. 두꺼운 팔뚝이 한수를 쫓지만 스피드의 한수가 쉽사리 잡힐 일은 없다.

하지만 스피드로 승부를 보려는 생각을 한 순간부터 이미 한수는 남우성에게 패배했다 봐도 무방했다.

여기는 평지가 아닌 텐트다.

행동 제약이 매우 심한 텐트.

"이런……!"

"너도 가서 찌그러져 있어라!!"

남우성이 한수의 팔을 잡고 그대로 철수 쪽으로 패대기친다.

엄청난 소음과 동시에 순식간에 둘을 아웃시킨 남우성이 손을 탁탁 털고 가볍게 옷을 정리한다.

"이제 됐습니까, 김범진 병장님?"

"후후후, 역시 남우성. 대단한 놈이로세."

순수하게 감탄을 내뱉은 범진이 어림없다는 듯 말한다.

"다음 네가 상대할 녀석은 바로 이놈이다."

라고 말하며 범진이 가리킨 이는 바로 이도훈.

남우성에게 유격왕의 칭호를 빼앗아간 자가 직접 모습을 드러낸 것이다.

"……."

살짝 눈썹을 꿈틀거린 남우성이 도훈에게 말한다.

"둘이서 덤벼도 날 쓰러뜨리지 못했는데, 이런 말도 안 되는 장난을 계속할 거냐, 이도훈?"

"그럼 남우성 상병님이 장난으로 임할 생각을 접어드리게 만들겠습니다."

도훈이 가볍게 몸을 풀며 남우성에게 말한다.

"저를 이기면 포상휴가를 양도해 드리겠습니다."

"…뭐라고?"

"남우성 상병님, 포상휴가 필요하시지 않습니까?"

"무슨 개 같은 소리야? 내가 포상휴가를 달라고 빌기라도 했냐? 그딴 소리 계속 지껄이면 진심으로 화낸다."

남우성은 자존심이 높은 남자다.

얌전히 휴가를 준다고 하면 절대로 받지 않을 그런 남자. 도훈도 남우성의 성격을 잘 알고 있다. 비록 다른 차원에서의 일이지만, 도훈은 남우성에게 예전에 휴가를 양도 받은 적이 있다.

정말 사소한 일이었지만, 어떻게 해서든 바깥으로 나가고 싶어했던 도훈. 그런 도훈의 고민을 눈치채고 남우성은 자신의 포상휴가를 건네준 것이다.

도훈은 아직도 그 은혜를 잊지 못하고 있다. 군인에게는 포상휴가가 정말 큰 요소이자 안식처, 그리고 유일한 낙이다.

그런 포상휴가를 후임을 위해 아낌없이 양보해 준 남우성은 진짜 사나이 중의 사나이라 할 수 있었다.

그 은혜를 갚을 때가 왔다.

하지만 쉽사리 넘겨줄 생각은 없다.

그래야 남우성의 체면을 살려줄 수 있기 때문이다.

"남우성 상병님, 저는 남우성 상병님을 앞지르고 유격왕을 차지한 남자입니다."

"……."

남우성의 자존심을 건드리는 도훈의 발언.

그러나 도훈은 말을 계속 이어간다.

"저와 일대일로 대결해서 이기신다면 포상휴가를 넘겨 드리겠습니다."

"……."

"그냥 넘겨 드리는 게 아닙니다. 참호격투에서 가르지 못한 그 승부, 여기서 직접 내보지 않겠습니까?"

사실 도훈과 남우성이 재수 연합에 처음 포함되었을 때, 남우성이 한 질문이 대뜸 기억난다.

만약 재수 연합끼리 살아남으면 어떻게 해야 하는가.

그때 재수는 이렇게 말했다.

자신은 자진해서 아웃할 것이다. 왜냐하면 유격왕에는 관심 없고 꼴찌만 면하면 되니까.

하지만 도훈과 남우성은 유격왕을 노리는 자들.

그렇다면······.

"진검승부로 승패를 가른다… 였지."

남우성의 주먹이 우두둑 소리를 낸다.

남자들의 싸움의 서막이 올랐다.

『말년병장, 이등병 되다!』 6권에 계속…

HERO 2300

FUSION FANTASTIC STORY

영웅2300

말리브 장편 소설

「도시의 주인」 말리브 작가의
특급 영웅이 온다!
『영웅2300』

돈 없는, 찌질한 인생 이오열,
잠재 능력 테스트에서 높은 레벨을 받았지만

"젠장, 망했어! 되는 일이 하나도 없어!"

하필이면 최악의 망캐 연금술사가 될 줄이야!

그러나 포기란 없다.

최악에서 최고가 되기 위한
오열의 이야기가 시작된다!

Book Publishing CHUNGEORAM

Explosive Dragon King

Bahamut

폭룡왕
바하무트

GAME FANTASY STORY

몽연 게임 판타지 소설

가상현실 게임 포가튼 사가 랭킹 1위!
대륙십강 전체를 아우르는 폭룡왕 바하무트.

폭룡왕이라는 칭호를 「진짜」로 만들어라!

방법은 한 가지.
400레벨 이상의 라그나뢰크급 노룡
칠대용왕(七大龍王)이 되는 것.

어디에도 소속되지 않은 채 유유히 전장을 누빈다.
바하무트 앞에 펼쳐지는 새로운 게임 세계!

Book Publishing CHUNGEORAM

FANATICISM HUNTER

광신사냥꾼

류승현 판타지 장편 소설

FANTASY FRONTIER SPIRIT

「블레이드 마스터」의 류승현 작가가 펼쳐내는
판타지의 새로운 신화!

마도대전을 승리로 이끈 유리언 대륙의 영웅,
최강의 아크 메이지 제온!

그러나 '세상의 섭리'에 아내와 아이를 빼앗기는데……

『광신사냥꾼』

만약 그것이 정말로 세상의 섭리라면,
그마저도 무너뜨리고 말리라!

복수를 위한 제온의 위대한 여정이 시작된다!

Book Publishing CHUNGEORAM

말년병장, 이등병되다!

에바트리체 장편 소설

FUSION FANTASTIC STORY

대한민국 남자라면 알고 있을 바로 그 이야기!

『말년병장, 이등병 되다!』

전역을 코앞에 둔 말년병장, 이도훈.
꼬장의 신이라 불리던 그가 갑자기 훈련병이 되었다?!

"…이런 X같은 곳이 다 있나!"

전우애 넘치는 군인들의
좌충우돌 리얼 군대 이야기!

Book Publishing CHUNGEORAM

유행이 아닌 자유추구 -
WWW.chungeoram.com

FANATICISM HUNTER

광신사냥꾼

류승현 판타지 장편 소설

FANTASY FRONTIER SPIRIT

『블레이드 마스터』의 류승현 작가가 펼쳐내는
판타지의 새로운 신화!

마도대전을 승리로 이끈 유리언 대륙의 영웅,
최강의 아크 메이지 제온!

그러나 '세상의 섭리'에 아내와 아이를 빼앗기는데…….

『광신사냥꾼』

만약 그것이 정말로 세상의 섭리라면,
그마저도 무너뜨리고 말리라!

복수를 위한 제온의 위대한 여정이 시작된다!

Book Publishing CHUNGEORAM

유행이 아닌 자유추구-
WWW.chungeoram.com